赤い死が降る日

十河 進
SOGOU Susumu

水曜社

■登場人物

倉科健介　月刊総合誌の編集者
樫村勝平　ノンフィクション・ライター
森口理絵　樫村のパートナー（ピアニスト）
槇原隆一　バー「マルセイユ」のマスター
神田弥生　バー「マルセイユ」のアルバイト
今村　彰　フリーライター
西村恭子　今村の離婚した妻
郷地浩一郎　五代通商の副社長
神林祐介　農林水産省食糧貿易課の課長
羽村洋介　経済専門紙の記者
西山雄一郎　南海大学原子力研究所の教授
コマロフスキー　ソ連大使館の通商担当官
大和田和政　大和田組の組長
仙頭　日ソ文化交流協会の警備部長
村瀬　東郷組の若衆頭
森本　新宿署の刑事
神山　裏社会の金庫番と言われる男

プロローグ

　突然、ドーンという地響きに突き上げられた。大きな揺れに体が敏感に反応する。倉科健介は、半地下に作られた書庫の書棚をつかんだ。すべての書棚が大きく揺れていた。本がバラバラと落ちてくる。

　床に二本のレールを敷き、天井近くまである可動式の書棚が十本並んでいた。書棚をスライドさせれば、人ひとりが入れるスペースができる。一番下の棚は美術書や地図帳など、大きな判の本が並べられている。二段目にはＡ４サイズやＢ５サイズの雑誌類が並べられており、その上の段から五段が単行本、その上の二段が新書と文庫本が収納できるようになっている。その書棚の列が地の底から響いてくるような振動に大きく揺れていた。

　揺れがおさまるのを待っていた倉科は、ますます激しくなる地震に「これは、とうとうきたか」と思った。関東大震災規模の地震がいつかくる、と言われていた。しかし、それが今だとは現実感がない。だが、間違いなく過去に経験したことがない地震だった。書棚の上段の本は、ほとんどが床に落ちた。それでも揺れは続いている。

　倉科は一階のリビングに通じる階段を昇ろうと身を翻したが、その時、樫村勝平が手すりにつかまりながら降りてきた。右手を差し出し、手のひらをこちらに向けた。「ここにいろ」という意味らしい。書棚が倒れても大丈夫そうな隅に倉科を誘導し、「ここにいるのが一番安全だ。床はコンクリートでしっかり固めてある。これだけの本の重みに耐えるようにしてあるから」と樫村が言った。

リビングで何かが倒れ、ガラスや陶器類が割れる音が大きく響いた。おそらく食器棚が倒れたのだろう。書棚も、今にも倒れそうなほど揺れている。どれほどの時間、揺れていたのだろう。ずいぶん長かった気がしたが、揺れがおさまった時に腕時計を見ると、五分も経っていない。それでも、ふたりは書庫の隅でじっとしたまま、中空を見上げるようにして固まっていた。

「もう、おさまったようだな」と、しばらくして樫村が口にした。長い時間が過ぎた気がした。

「凄い揺れでしたね。こんなの、初めてです」

「僕だってそうだ。こんな揺れは経験したことがない」

倉科と樫村は短い階段を昇り、リビングルームに戻った。書庫へのドアはなく、閉じ込められる心配はなかった。しかし、リビングはひどい有様だった。天井から吊された照明がまだ大きく揺れている。やはり、食器棚が倒れ、ガラス扉も中の食器類もすべて割れて床に散乱していた。壁に掛けられていた額は斜めになり、無事だったのは低いテーブルとソファだけである。それも、元の位置から大きくずれている。テレビ台に置かれた大型テレビは倒れ、ステレオセットも位置がずれ、重いアンプさえ揺れで動いていた。キッチンの上部の収納扉がすべて開き、中のものが飛び出し床に散乱している。

「危なくて歩けないな。靴を持ってくるから待っててくれ」

樫村はそう言うと、食器類の破片を避けながらつま先立ちで玄関に向かった。よろけて転倒すると怪我をしそうだ。僕がいきます、となぜ言えなかったのだろうと倉科は思った。樫村に会うと、いつも父親のように甘えてしまう。樫村も、倉科に対しては保護者のように振る舞った。

樫村は玄関に到達すると、靴箱からしっかりしたアウトドア用の靴を取り出した。オイルにも滑らないぶ厚いゴム底で、ガラスの破片を踏んでも大丈夫そうな靴だった。片足立ちでその靴を履き、もう一足、しっかりしたアウトドア用の靴を取り出し、倉科のところに戻ってきた。樫村が歩くたびに、ガラスが粉砕される音がした。

「きみの靴はスニーカーだから、この靴を履いてくれ。とにかく床をきれいにするまで素足では歩けない。他人の靴は気持ち悪いだろうけど」

「すいません」

「それにしても、凄い地震だった。ここは高台になっているから、津波は大丈夫だと思うが……」

樫村は、何かを見上げるように頭を振った。

「二階のベランダに出てみようか。あれだけ揺れたら津波が気になる」

「テレビをつけましょうか」

倉科はそう言うと倒れたテレビを直し、スイッチを入れた。幸い故障はしていないらしく、すぐに画面が現れた。どこのテレビ局かはわからなかったが、「海岸付近にいる方は、すぐに離れてください」とアナウンサーが昂奮して叫んでいた。背景でスタッフが混乱したように走っているのが映る。

画面が日本地図に切り替わった。左上に各地の震度が表示され、海岸線に赤やオレンジ、黄色のラインが点滅していた。赤は大津波警報、オレンジは津波警報だった。くりかえし「大津波警報が発令されたのは、岩手県、宮城県、福島県、津波警報は茨城県、千葉県……」とアナウンサーが叫んでいた。

「樫村さん……」と倉科は振り返り、言葉が出なくなった。

「何メートルの予想だ」

「東北で六メートルの予想です」

「二階にいこう」

樫村が先に立ち、二階への階段を昇る。壁に掛けてあった額が落ちていた。すべて映画のスチールだ。『気狂いピエロ』で車の窓から体を出してキスをしているアンナ・カリーナとジャン＝ポール・ベルモンド、『冒険者たち』で船窓から顔を出し夕陽を浴びているジョアンナ・シムカス、『離愁』でジャン＝ルイ・トランティニアンに手を頬にそえられ、泣き笑いのような表情を浮かべたロミー・シュナイダー、『ギャング』で車の中から拳銃を突き出しているリノ・ヴァンチュラ、それらがすべて階段に落ちていた。

倉科は『ギャング』のスチールを拾い上げた。それだけが、他と違って見えたからだ。よく見ると、そのスチールの周囲は焼け焦げていた。印画紙の膜面が燃え上がったのを、急いで消し止めたようだった。それを額に入れ、ガラスで保護している。サングラスを掛けたリノ・ヴァンチュラが印象的だ。

「どうした?」

「これ、焼け焦げてますね」

その瞬間、樫村の表情に何かが浮かんだ。悔い、郷愁、あるいは哀しみ……、言葉にしようとすれば、そんな感情が樫村の顔をよぎった。樫村は、一瞬、何かを言いたそうになったが、そのまま言葉にはならなかった。

「さっき話した『マルセイユの決着』」

「そう、これがオリジナルの『ギャング』のスチールだよ」

「なぜ、こんなに焼け焦げて……?」

「とにかく、津波の様子を見よう」と、樫村は身を翻してベランダへ向かった。


今や数少ない月刊総合誌になった『評論春秋』編集部の倉科健介が、ノンフィクション作家の樫村勝平と初めて会ったのは、昨年の春のことだった。新しく担当になった新人編集者として、都内の樫村のマンションに出向いたのだ。編集長は樫村に電話をかけてくれただけで、「子供じゃないんだ。ひとりで挨拶してこい」と言った。先輩に訊くと、樫村は取っつきにくい人間ではないが、嫌われると扱いにくくなるかもしれないと脅された。

フリーライターとして若い頃からジャーナリズムの世界にいた樫村は、四十をいくつか過ぎて初めてのノンフィクション作品を出版し、あまり部数は出なかったが業界内での評価を高めた。その後、まとまったテーマでの連載の仕事もくるようになり、ほぼ一年に一冊のペースでノンフィクション作品を出すようになった。

扱うジャンルは幅広く、スポーツルポ、経済人の評伝、映画スターの伝記、社会派ルポと、見方によっては無節操だと言われそうでもあった。還暦を迎えようとしている樫村には、すでに十六冊の著作があった。

学生時代に、倉科は樫村の著作の多くを読んでいた。高校大学と映画研究会に所属するほどの映画好きだった倉科の印象に強く残っているのは、『ドイツに憎まれたふたりの女優　マレーネ・ディートリッヒとロミー・シュナイダー』というドイツ出身のふたりの女優の生涯を取材した作品だった。

それは、ナチス台頭の頃からドイツ映画界で活躍しハリウッドに進出したマレーネ・ディートリッヒ、戦後にドイツ映画でデビューし後年は主にフランスで活躍したロミー・シュナイダーの生涯を描きながら、ドイツ現代史の裏面に迫ろうとした力作だった。

現在の編集部に配属になり、樫村の担当になるのが決まった時、倉科は少し複雑な気持ちになった。自分も映画好きで、特にヨーロッパ映画はかなり研究してきたつもりだったから、夢中で読んだものの、樫村の本にいくつかの疑問も湧いたのだ。

それは、小さな蟠《わだかま》りとして残っており、筆者に会える立場になると、質問したい気持ちが抑えられなくなった。その質問は、樫村の不興を買うかもしれない。担当編集者としては、やってはいけないことなのではないか、と迷った。嫌われたら扱いにくい人だぜ、という先輩の言葉が浮かんだ。

樫村の都内のマンションは、杉並区の環七沿いにあった。玄関はオートロックだったが、建ってからかなりの年数が経っているようだった。倉科が玄関脇にあるテンキーで部屋番号と呼び出しボタンを押すと、女性の声で返事があった。樫村の私生活については、先輩から簡単に聞いていただけだった。籍は入っていないが、十五歳ほど年下の女性ピアニストと暮らしているとのことだ。その声の主がそうなのだろうと倉科は推察した。

部屋の扉横に出されていた表札には、「樫村／森口」とあった。チャイムを押すと、しばらくしてドアが開き、にこやかな笑顔に迎えられた。樫村より十五歳ほど年下だとすると四十代半ばだが、年齢よりずっと若く見える。その笑顔が焼き付いた。

「いらっしゃい」と言って、その女性は身を引く。

スリムで背が高かった。Tシャツとジーンズという姿が、すっきりとした印象だった。よく見ると目尻に小じわがあり、薄く化粧をした顔も年齢相応だったが、動作や仕草にメリハリがあり、倉科は若々しさを感じた。倉科は、自分が好意を抱いたのを自覚した。

「樫村から聞いています。倉科さん、新入社員ですって」と、その女性は気軽に話しかけてくれた。

「ええ」と、倉科が答える。

「新人だと、僕に対する先入観がないからだろう」と、奥から声が聞こえた。

「失礼よ」と、その女性が奥に向かって言った。

それほど広くないリビングに入ると、男がソファから立ち上がるところだった。身長は一七〇センチと少し、体重は六〇キロ台か。還暦を迎える年にしては、あまり脂肪はついていない。短くした髪が黒々としているので、年齢より若く見える。ただ、頬のあたりにシミがあり、それが年齢を感じさせた。男は樫村と名乗り、女性を森口理絵と紹介した。

「えっ、森口理絵さんというと……、僕、何枚かＣＤ持ってます」と、倉科は言った。

「ジャケットには、頑なに写真を載せるのを拒否してるから、コンサートにこない人には彼女の顔はほとんど知られていないんだ」と、樫村が言った。

「どうして、写真を載せないのですか？」

「私からは、答えられないわ」と、理絵が笑った。

「デビューの時に、レコード会社は『美人ピアニスト』で売りたかったんだが、この人の強烈な拒否に遭ってね。以来、写真は載せないことになった」

「ピアニストの方だとは、うかがっていたんですが……」

その後、倉科は理絵が淹れてくれたコーヒーを飲みながら、三人で話をした。樫村が会社の様子を訊き、理絵が倉科の個人的なことを尋ね、倉科が樫村の今後の仕事についてさしさわりのない話題を振った。

樫村が、ほう、といった顔をしたのは、倉科が『ドイツに憎まれたふたりの女優　マレーネ・ディートリッヒとロミー・シュナイダー』を読んだことを口にした時だった。文章を書く人間なら誰でも、人がどう読んだかを気にしているものだ。倉科は「大変、面白かったです」と告げ、

「ですが……」と続けた時、しまったと思った。

「ですが……の後は？」と、樫村が言った。

「いや、特に……」

「言いかけてやめるのはよくないぜ。気にしないから、言ってみな。もっとも、初日から出入り禁止になるかもしれないが……」と笑う。

「そうよ。言った方がいいわよ」と、理絵も笑顔で口を添える。

「わかりました。実は、あの本を読んでロミー・シュナイダーがなぜナチスに迫害される役ばかり引き受けたのか、気になったのです。『離愁』ではユダヤ人役で、ゲシュタポに逮捕され、殺される予感で映画は終わります。『追想』では、子供と一緒にナチに火炎放射器で焼き殺されます。遺作になった『サン・スーシの女』では、ナチに追われて殺される女性と現代の女性の二役

を演じました。あの本では、ドイツ人であるロミーが、なぜあれほどナチの被害者を演じ続けたのか、そのことについてほとんど触れられていないと思ったのです」

倉科が目を上げると、樫村がじっと見つめていた。口をへの字に結んでいる。鋭い視線だった。改めて、しまった、と思ったが、口に出したものは戻らない。

「鋭い指摘だな」と、しばらく考え込んだ後、樫村がつぶやいた。「言い訳めくが、そのことは僕も気になってはいたんだ。ただ……、あの本を書いている時には、別の発見というか、ある暗合に惹かれていた」

そう言うと、樫村は立ち上がり、奥の部屋へ入っていった。しばらくすると一冊の本を手にして戻り、倉科に差し出した。カバーに美しい白人女性の写真が印刷されていた。『エリザベートハプスブルク家最後の皇女』とある。著者は、塚本哲也とあった。

「この塚本さんの本は、一九九二年に刊行され、大宅壮一賞を受賞している。ノンフィクション・ライターなら誰もがほしがる賞だ。とても面白い本だが、僕が気になったのは表紙と口絵に出ている皇女エリザベートのポートレートだ。本当に美しい。彼女の祖母もエリザベートと言い、伝説的な美しさで知られている。この写真から、祖母のエリザベートの美しさを僕は想像した。祖母のエリザベートも肖像画や写真が残っているが、若い頃の姿は肖像画だし、写真はこれほど鮮明ではない。彼女は、一八九八年に六十歳で暗殺されたんだ。シシーという愛称でヨーロッパの人々に親しまれた」

倉科は、樫村が何を言いたいのかがわからなかった。

「戦後十年経ったドイツ、ロミー・シュナイダーは『プリンセス・シシー』でアイドル的な人気を得た。十七歳だった。彼女が演じたのが、伝説的な美しさを伝えられるエリザベートだったんだ。だが、ロミーはフランス人のアラン・ドロンと恋に落ち、婚約した。ドロンにルキノ・ヴィスコンティと仕事をすることを勧められたが、その後、ドロンとの破局があり、ドイツでは裏切り者呼ばわりされた。そして、十七年後、ヴィスコンティの『ルートヴィヒ』で再びエリザベートを演じた。バイエルンの狂王ルートヴィヒが憧れ続けた美しい従姉妹エリザベートだ。ウィーン生まれのロミーにとって、ハプスブルク家の皇女を演じるのは特別なことだったに違いない。十代の彼女は『シシー・シリーズ』に出続けることを拒否したが、三十半ばを過ぎ再び皇女エリザベートを演じた。僕はヨーロッパにおけるハプスブルク家が持つ意味と歴史、それをロミー・シュナイダーの生涯に重ねて描いてみたかった。そこにドイツ現代史が関わってくるからね。しかし、きみの指摘のように、一方でロミーはナチスの被害者を演じ続けた。それは、もしかしたら贖罪の意味を持っているのかもしれないな」

樫村は、ひとりで喋り続けた。その横で、理絵がクルクルと瞳をまわした。いつも、こうなのよ、と言うかのようだった。その理絵の表情が倉科の緊張を解き、樫村の言葉が素直に理解できた。

「きみの指摘は役立ったよ。改訂版を出せるようだったら、その視点を加えてみたい」

「すいません。生意気なことを……」

「あやまることはない。人の本を鵜呑みにしないこと。それは大事だ。編集者として大切な資質だよ」

「この人、めったに誉めないのよ。合格ね、倉科くん」と、理絵が明るい声で言った。

その時以来、倉科は樫村のマンションを訪れることが増えた。

それから一年後の二〇一一年三月十一日、倉科は鹿島灘の砂浜が続く海岸沿いから、少し離れた高台に建てられた樫村の別荘を訪ねることになった。その別荘は、樫村のリフレッシュの場所であり、近隣と離れているため理絵のピアノ練習の場所だったが、樫村が原稿書きで長く籠もることもあった。

樫村は、一年のうち十ヶ月以上は取材に費やしている。取材しながら連載原稿を書き、連載が終了すると、その原稿を元に完全に書き直す。それは、書き下ろしの作業に近かった。そのため二ヶ月ほどは別荘に籠もって、原稿書きに集中する。

今、樫村がかかっている仕事は、チェルノブイリ原発事故から二十五年経ったウクライナの現状をレポートしたものだった。樫村は何度もウクライナに通い、精力的に取材した。原子炉を覆う石棺の老朽化の問題、除染されないまま放置されている広大な森林の問題、二十五年経ってわかった健康上の問題など、いくら取材しても時間は足りなかった。

当時十歳だった子供は、三十半ばになっていた。彼らの両親は、もう老人だ。あの最悪の原発事故が、その後にどんな影響を与えたのか、樫村はねばり強く調査した。倉科にとっては、初めて担当する樫村の著作だった。取材に同行し、仕事を近くで見ていた倉科には、樫村がチェルノブイリ原発事故に特別な思いを抱いているように思えた。個人的な強い思いが、樫村の言動から伝わってきた。

倉科自身、チェルノブイリの原発事故があった一九八六年四月二十六日に生まれている。そのせいか、最悪の事故と言われる旧ソ連のチェルノブイリ原発事故については因縁を感じ、高校生の時に詳しく調べ自由研究として文化祭で発表したことがあった。

事故を調べれば調べるほど、人間の無知、いい加減さを実感した。原子力という想像を超えたエネルギーに対する認識が、まったくなかったのではないか、とさえ思えた。さらに、旧ソ連政府の情報統制、対応の遅れ、危機意識のなさにも呆れたものだった。

今回の仕事では、樫村は悪戦苦闘していた。何度も原稿を書き直し、途中で棄てた。現在、新しい石棺を建造しているが、その作業も高濃度の放射能によってなかなかはかどらない。チェルノブイリ原発事故を調べれば調べるほど、事故が過去のものではなく、現在進行形であることを見せつけられ、樫村の筆が思うように進まないのだった。

そんな樫村の陣中見舞いのつもりで、倉科は別荘を訪ねることにした。表向きの理由は、翌日の土曜日に行われる鹿島スタジアムでの、アントラーズの試合を見るついでがあるので寄りたい、ということにした。陣中見舞いだと言うと、樫村が気を遣うと思ったからだ。

仕事抜きの気楽な訪問だと思わせようと、ギャング映画好きの樫村のために倉科は近作のDVDを手土産にした。『あるいは裏切りという名の犬』『やがて復讐という名の雨』『マルセイユの決着』というフランス映画ばかりだった。それらは、倉科自身が気に入った作品だった。

樫村の別荘に到着したのは、午後二時を過ぎた頃だった。別荘の敷地には簡単な二本の柱が建てられ、門扉代わりになっていた。背の低い生け垣で、申し訳程度に敷地が囲われている。防犯の役には立っておらず、誰でも簡単に敷地内に入れてしまう。柱の横に郵便受けがあり、「樫村／森口」と名前が出ていた。

ふたりとも、入籍にはこだわっていないようだった。あるいは、サルトルとボーヴォワールのような関係を理想としているのだろうか。だとすれば、倉科にも希望はある。サルトルには何人もの愛人がいたし、ボーヴォワールにもアメリカ人の作家の恋人がいた。だが、そんな空想を巡らす時、倉科はやはり理絵との年の差を考えてしまう。二十歳の差は、レイモンド・チャンドラーと愛妻シシーより離れていた。

倉科は別荘の敷地に入り、目の前の二階建ての建物を見上げて少し後ろめたく感じた。別に樫村を裏切っているつもりもないし、理絵に対する思いは淡い憧れのようなものだと自覚していても、そんなことを空想する自分を、申し訳ないと思う気持ちが湧き起こったのだ。

倉科は、樫村という男が好きだった。自分の父親の年齢だったが、友情のような気持ちを抱いていた。筆者と編集者という関係ではなく、しばらく会わないと会いたくなる存在だった。好きな映画の話を始めると、尽きることがない。

「おう。久しぶりだったな」と、突然、玄関のドアが開いて樫村の笑顔が現れた。「何をためらっていたんだ?」

「別に……」

「でも、何か入りにくそうだったぞ」

「そんなことないです」と強く否定して、倉科は樫村の横をすり抜けた。

玄関を入ると、吹き抜けになっていた。半地下に樫村の書庫があり、一階は広いリビングとカウンターキッチンとバスルームになっている。リビングの隅にグランドピアノがあった。理絵が、そこで練習するのだ。二階に寝室が三部屋あった。シンプルな造りである。

「理絵さんは?」

「今日は、仙台でコンサート。明日、帰ってくる予定だ」

倉科は樫村についてリビングに入り、ソファに腰を下ろした。樫村はキッチンでコーヒーを淹れているらしく、香ばしい匂いが漂ってきた。やがて、大きめのカップに入れたコーヒーをふたつ、トレイに載せて戻ってきた。何も言わずテーブルに置き、自分も対面のソファに身を沈めた。

「これ、差し入れです」

倉科は鞄の中からＤＶＤを取り出して、テーブルに置いた。

「『やがて復讐という名の雨』は劇場公開されなかったから、DVDの発売でようやく見られるようになったんです」

樫村がDVDを一枚一枚取り上げて、裏面の紹介文を読んだ。

「ダニエル・オートゥイユの主演ばかりだな。彼とは同い年なんだぜ」

「向こうの方が若いですね」

「そうかい。僕も年相応のいい味を出してるつもりだけどな」と笑った。

「他の二本は、見てました?」

「『あるいは裏切りという名の犬』は劇場で見た。『マルセイユの決着』は二年前に渋谷で単館ロードショーをやっていたけど、見損なったままだ。見ようかどうしようか迷っていたら、いつの間にか終わってしまった」

「どうして迷ったんですか? フレンチ・ノアールだったら、樫村さん、絶対に見るでしょう」

「これ、ジャン＝ピエール・メルヴィル監督の『ギャング』のリメイクだろ。リノ・ヴァンチュラ版がいいから、ダニエル・オートゥイユ主演でも……ちょっとね」

「オリジナル版は、カットされたバージョンしか見ていないんですよ、僕は」

「それは残念だな。封切りは、四十四年前になるか。その時は二時間足らずにカットされたバージョンだったから、よくわからないところもあったんだ。その後、ビデオで完全版が出た。衛星放送で放映されたのも長いバージョンだったかな」

「樫村さん、最初に見たのは、いくつの時だったんですか？」

「十五歳。高校一年だった。『ギャング』のひと月前には、ドロンとヴァンチュラの『冒険者たち』が公開になった」

「凄いですね。うらやましい。ところで、決着と書いて『オトシマエ』と読ませるんですね」

「意味としては合ってる。昔、『オトシマエには時効はねぇ』という惹句の映画があった。人生ではなかなかオトシマエがつかないし、つかないまま過ぎてゆくことも多いからね」

「知ってます。アート・シアター・ギルドの映画ですよね」

樫村が苦笑いを浮かべた。倉科のマニアックな映画知識に呆れたという風に見えた。

「『マルセイユの決着』を監督したアラン・コルノーは、忠実にオリジナル版を再現してます。渋いカラーで古い時代の雰囲気を出しているし」と、倉科はＤＶＤを取り上げて言った。

「アラン・コルノーのリメイクなら、いいかもしれないね。若い頃、彼が監督した『真夜中の刑事／パイソン３５７』という映画を見たよ。イブ・モンタンの刑事が鉛を溶かして、自分で弾丸を造るシーンから始まったと思う」

「あれ、いいですよね。署長が心変わりした愛人を殺し、その愛人と恋仲になっていた刑事が犯人を捜すけど、目撃者はみんな女と一緒にいた刑事の人相を口にするから、刑事は目撃者と会う時に自分で硫酸を顔にかけちゃう」

「あの映画、大昔に公開された『大時計』っていう映画とストーリーが似てるんだ」

「知ってます。『真夜中の刑事』の十年くらい後に公開になった、ケヴィン・コスナーの『追いつめられて』が似たような話だったので、調べてみたら『大時計』のリメイクでした。国防長官の愛人と知らずに恋に落ちた国防省の将校が、愛人が殺される現場にいるんですが、身を隠していたので犯人を見ていない。ところが、真犯人の国防長官から犯人捜しを命じられる。調査を始めると、自分が犯人だと示す証拠が出てきて、どんどん追い詰められていくんです。それに、ラストのどんでん返しが鮮やかだったので、記憶に残ってますね」

「あれは、どんでん返しのためのどんでん返しだったな。ラストは決して話さないでください的な……」

「一回しか使えません」

「そうだね」

その後、フレンチ・ノアールの原作の多くを提供した、ジョゼ・ジョバンニの小説の話題になった。その流れで、倉科は書庫からジョバンニの小説を取ってくることを頼まれた。書庫は番地で整理されており、「五番街の七丁目三番地」という樫村の指示に基づいて、倉科は奥から五番目の書棚の下から七番目の棚の真ん中あたりにあるジョバンニの『ひとり狼』を探した。

その時、突然、ドーンという地響きに突き上げられた。

最も大きな津波は、二メートルを超えていた。高台の別荘の二階のベランダから見下ろしても、それはまがまがしい姿だった。沖合から白い波頭を見せ、海がせり上がるように迫ってきた。倉科は、その光景に体が震え始めた。津波は海岸線を越え、防潮堤を乗り越え、アスファルト道路を隠し、すべてのものを押し流し、呑み込んだ。波の勢いで、電柱が次々に倒れていった。車が浮き上がったまま流され、民家の屋根が呑み込まれた。

津波は夕方までに、六回やってきた。それを倉科と樫村は茫然と眺めていた。その間、樫村は何度も理絵に電話を掛けたが、一度も通じなかった。何度目かで諦め、一階のリビングにある固定電話で仙台のコンサート会場に電話したが、そちらもずっと話し中のままだった。

次第に暗くなり、照明のスイッチを入れて、倉科は初めて停電に気付いた。地震直後は大丈夫だったが、津波で送電線がやられたのだ。気を取り直した樫村が掃除道具を出してきて、床に散ったガラスや食器類の破片を片付けた。掃除機が使えないので、ガラスの細かな破片はガムテープで丹念にくっつけて棄てた。

周囲が暗くなった頃、リビングの電話が鳴った。電話線は無事だったのだ。樫村が取ると、理絵からの無事を知らせる電話だった。今夜はコンサート会場に留まり、明日、交通機関の様子を見て帰るという。その電話を切ってから、樫村は納戸から手まわし式で発電する非常用ライトとラジオを出してきた。

「こんな時の準備はほとんどしていないんだ」と言いながら樫村がラジオをかけると、地震のニュースがあふれるように聞こえてきた。

「ひどいことになりましたね」と、倉科は口にするのが精いっぱいだった。

「……」と、樫村は倉科に視線を向けたが、何も言わなかった。

ふたりとも、絶望的な気分に陥っていた。多くの人が死んだ。波に呑まれた。ニュースを読むアナウンサーも平静ではない。感情をむき出しにしているアナウンサーもいた。泣き声のアナウンサーが声を震わせた。

「酒でも飲むか」と樫村が言ったのは、真っ暗になった部屋の中で何時間も黙ったままソファに身を沈めた後だった。

「冷蔵庫につまみくらいはある」

「酒ですか？」

「飲まずにいられんよ」

「そうですね」

倉科は立ち上がり、樫村が出してくれたＬＥＤの携帯電灯をオンにした。青白く明るい光が壁を照らし出した。樫村はキッチンの冷蔵庫に向かい、ドアを開けて中を覗き込んでいた。電気が通っていなければ、何の役にも立たない。樫村は割れていないグラスを探した。

倉科は、ＬＥＤランプをあちこちに向けた。その時、階段の一番下の段でキラリと光るものがあった。あの額だった。『ギャング』のリノ・ヴァンチュラが写っている、周囲が焼け焦げたスチールだ。倉科は階段まで歩き、その額を拾い上げた。樫村が、そんな倉科を見つめていた。

その時、ラジオのアナウンサーが、突然、声の調子を上げた。

「先ほど、枝野官房長官が記者会見を行い、原子力緊急事態宣言を発令しました。福島第一原子力発電所にて、非常に重大な事故が発生した模様です。また、一号機の半径三キロ以内の住民に、退避命令が出されました。半径三キロから十キロ圏内の住民には、屋内待避の指示が出されました」

倉科は、樫村を照らし出した。まぶしいのか、手をかざして樫村が倉科を見る。

「チェルノブイリどころじゃないかもしれないな」

「どういうことですか。このあたりまで影響がありますか」

「わからん。しかし、ソ連だろうが民主国家の日本だろうが、権力は都合の悪いことは隠すものだ」

樫村が倉科の前に立った。手を出す。倉科は、額に入った『ギャング』のスチールを樫村に渡した。樫村がスチールを発電式の非常灯で照らす。

「リノ・ヴァンチュラは、チェルノブイリ原発事故の翌年に死んだ。秋が深まった頃だ。六十八歳だった。若い頃はレスリングのヨーロッパ・チャンピオンだったんだ」と、樫村は懐かしそうに言った。

「ジャン・ギャバンの映画で、デビューしたんでしょ」

「そう『現金に手を出すな』という映画だった。三十五歳だったから、遅いデビューだな。知ってるかい。手塚治虫が創ったアセチレン・ランプというキャラクターがいるだろう。初期の手塚マンガから登場して、悪役を引き受けている。あれ、リノ・ヴァンチュラがモデルなんだぜ。『彼奴を殺せ』という映画を見ると、よくわかる。アセチレン・ランプそっくりだ」

「へえ、知りませんでした……。というか、アセチレン・ランプがわかりません」

「まったく……、世代間ギャップだな」

「映画は知ってます。『彼奴』でキャッと読ませ、『殺せ』と書いてケセと読む。『現金』と書いてゲンナマと読ませるとかね」

「麗しき六十年代の日本語だ。あの頃は洋画配給会社の連中もバカじゃなかった」

「今は、原題をカタカナ表記ですませてますからね」

「話がそれたな」と、樫村は再び手元のスチールに目を落としてつぶやいた。

倉科は、樫村が再び口を開くのを待った。その焼け焦げのあるスチールが気になっていた。それに福島の原発事故が何かを甦らせたのか、ずっとチェルノブイリ原発の取材をしていたからなのか、あるいは何かが気になるのか、樫村の様子が普段とはまるで違っていた。暗闇が作用しているのかもしれない。

樫村が非常灯を消した。倉科も同じようにLEDライトを消した。再び、暗闇に包まれる。樫村は、ソファに深く腰を下ろした。倉科は、対面のソファに座った。次第に目が慣れて、薄明かりに樫村の姿が浮かんだ。樫村がテーブルの上のグラスに手を伸ばした。割れずに残ったワイルドターキーのボトルからバーボンを注ぐ。

「昔のことを話そうか。もう四半世紀が過ぎてしまったからな。あれは、チェルノブイリ原発が事故を起こした年のことだった。あの年の夏は、ひどく暑かった……」

樫村は、語り始めた。

1

あの年の夏は、ひどく暑かった。

僕は、クーラーのない自分の部屋に帰るよりは、涼しい酒場にいた方がマシという言い訳に、自分でも素直に納得した。その頃の僕には、どんなことでも飲む理由になったのだ。僕は、毎日、自己弁護をしながら槇原の店に居座っていた。ある作家が書いているように、酒飲みはどんな理由をつけてでも酒を飲むのである。

槇原の店は新宿の十二社通りにあり、明け方まで開いていた。夏の早い夜明けがやってきて、いくらか涼しくなった頃、僕は誰もいない道をフラフラと歩いた。

その頃の僕は、自己憐憫にとらわれていたのかもしれない。そんな風に酔っぱらって、ときどき自分でも意識しないまま「ちくしょう、ちくしょう」と何かを罵っていた。たまに出会う新聞配達の少年に、薄気味悪そうな視線を向けられたこともあった。

自室に帰り着き、ベッドに倒れ込むようにして眠り、気が付くと窓からの熱気にあぶられていた。びっしりと肌に浮き上がった汗が体からアルコールを抜くのか、ひどい状態で目覚めた記憶はあまりない。

起きあがり、また一日を生きていかねばならないのか、とため息をつく。目の前の一日が途方もなく長い時間に思えた。酒を飲める時まで、どうやって時間をつぶすのか。そんなことばかりを考える日々だった。

僕がその頃、毎日のように通っていた槇原の店の名前は、「マルセイユ」といった。「あの港町は、ギャングたちの天下だったんです。抗争が続いて、ろくでもない奴らがいっぱい死んでいます。フレンチ・コネクションと言われる、麻薬の中継地でしたし」と、槇原は名前の由来を訊ねた僕に答えるともなくつぶやいた。

「日本でいえば、神戸みたいなものかい」と、その時に僕は訊いた。

意外なことに、槇原はじっと悲しそうな目で僕を見た。その頃、神戸の大きなヤクザ組織がふたつに割れ、まさに血で血を洗う内紛が起こっていた。あの時ほど、ヤクザの組長たちが堂々とテレビに出たことはなかっただろう。彼らはテレビのワイドショーのインタビュアーに答え、どちらも自分たちの方に理があるのだと主張した。

槇原の店の壁には、フランスのフィルム・ノアールのスチール写真やポスターが、きちんと額に入れられて掛かっていた。ドアに掛かっていたのは、大きな『ラ・スクムーン』のポスターだった。ジャン＝ポール・ベルモンドが椅子に座っているシーンだ。この後、彼は座ったままの抜き撃ちでボスを倒し、マルセイユ一のギャングにのし上がる。

その他には、ジャン＝ピエール・メルヴィル監督の『いぬ』『ギャング』『サムライ』『仁義』『影の軍隊』『リスボン特急』、ジャック・ベッケル監督の『現金に手を出すな』『穴』、それに『勝負《かた》をつけろ』などのスチールがあり、マルセイユを舞台にした『ボルサリーノ』のポスターが正面の壁を飾っていた。ドロンとベルモンドが洒落た帽子をかぶって睨み合っていた。

五十年代の作品もあったが、中心は六十年代の映画だった。槇原とカウンター越しに頻繁に映画の話をするようになってからわかったことだが、槇原は制作された国を問わず主に六十年代の映画に精通していた。その中でも特別の思いを抱いているのがフランス映画であり、フィルム・ノアールと呼ばれるジャンルの作品だった。

したがって、ジャン＝ポール・ベルモンド、アラン・ドロン、リノ・ヴァンチュラ、ミシェル・コンスタンタン、イブ・モンタン、フランソワ・ペリエ、セルジュ・レジアニといった連中に見つめられながら、僕は酔っぱらうことになった。時には、前後不覚になってカウンターに突っ伏した。

僕が槇原の店に通うようになったのは、ある夜、新宿で飲んでフラフラと十二社通りをアパートのある中野坂上に向かって歩き始めた時、ふと覗き込んだ路地にあった「マルセイユ」というクラシックなネオンが目に飛び込んできたからだった。

昔風のショットバーで、無骨なドアが気に入った。ドアの上のネオン以外は何の飾りもなかった。古い洋風の二階屋で、一階を改造してバーにしていた。後に知ったのだが、槇原はひとりでその二階に住んでいた。

僕は、ドアの横の壁にあった船窓のような丸い小窓から中を覗いてみた。タングステンライトの赤い光が、ほどよい明るさで店内を充たしていた。大きな一枚板のカウンターがあり、詰めれば十人は座れそうだったが、そんな風に客が座ることがかつてあったとは思えなかった。フロアには四人掛けの椅子とテーブルがあり、奥には五、六人座れるボックスシートがあった。

カウンターの中に、初老と呼ぶには少し早そうな男がいた。男は白いシャツに英国風のチェックのベストを身に着け、黒いズボンを穿いていた。タイはしていなかったし、白いシャツも両袖をまくり上げていた。

白いものが混じる長めの髪をオールバックにし、口ひげと顎ひげを蓄えていた。その手はせっせと、休みなくグラスを洗っていた。僕は、イギリス映画で見たスコットランドの田舎町にある、古いパブの主のようなバーテンダーを思い出した。

客は、もう誰もいなかった。僕は店内を見渡し、壁のリノ・ヴァンチュラと目が合った。アラン・ドロンと共演した『冒険者たち』のヴァンチュラだった。飲み足りなかった僕は、ドアを開けて顔を覗かせ、まだやっているか、と訊いた。カウンターの男が振り向いて、無愛想な声で、やってます、と答えた。僕は酔っぱらい特有のフラフラとした足取りで、ドアからふたつめのカウンター席に腰を下ろした。一見の客にとっては、無難な位置である。

座ってから気が付いたのだが、カウンターの後ろに三段の棚が設けられていた。沢山の酒瓶が並んでいる。さらに、酒の前に映画のスチールがきちんと額に入れられ、等間隔で置かれていた。すべてに石原裕次郎が写っていた。

どれも六十年代の裕次郎映画だ。その頃から数えても、二十年前の映画だった。『赤いハンカチ』『夕陽の丘』『二人の世界』『太陽への脱出』『帰らざる波止場』『夜霧よ今夜も有難う』といったラインナップだった。いわゆるムードアクションである。

そのとき、男が、何にしますか、と訊いた。僕は男の後ろの棚に整然と並べられている酒を、改めて端から端まで見渡した。その当時、洋酒がそれだけ揃っているバーは珍しかった。シングルモルト、バーボン、ライといったウィスキーから各種のスピリッツ、カクテル用の甘い酒も揃っている。ブランデーもグラッパまで並んでいた。レモンハートやアブサンといった強い酒があったのは、当時、そんなタイトルのマンガが流行っていたからかもしれない。

しばらく観察した後、僕はワイルドターキーと答え、男は八年もののボトルを取り出した。僕は何も言わなかった。その頃の僕には、八年ものさえ身に過ぎた酒だった。

ただ、僕は強い酒がほしかっただけだ。五十度のワイルドターキーは、その時の僕の気分に合っていた。男は黙って僕の前にコースターを置き、飲み方は？　とほとんど口を開かずに言った。

「ストレート・ノーチェイサー」

男が、ジロリと睨んだ。

「もう、こんな時間です。それに、かなり過ごされているようだ。これから帰って寝るのなら、そんな飲み方はやめておいた方がいいですよ。起きてから後悔します。セロニアス・モンクの曲名を言うのなら別ですが、酒場の注文にそんな気取った言い方はやめた方がよいと思います。通ぶっている素人、と見られます」

諭すような口調だった。

「後悔なら、毎日、している。それに、他でこんな注文をしたことはない。一度言ってみたかったんだけど、言う機会がなくてね。ここなら何となく聞いてもらえそうな気がしたんだ。まさか、いきなり説教されるとは思わなかった」

僕は、反発したのかもしれない。自分でも、少しムキになった口調だなと感じていた。

「説教と取るか、忠告と受け取るかは、本人次第ですね」

よく見ると、男は五十半ば過ぎ、やせぎすで、頬の落ちた顔は顎がとがって見えた。そのとがった顎を隠すために、ひげを蓄えているのかもしれない。逆三角形の輪郭の顔に、太い眉と鋭い目と筋の通った鋭い鼻、薄い唇が配置されている。顔のしわの多さが目立った。その年代の男にしても小柄だった。ただ、痩身だったので背の低さが目立たない。カウンター越しで、視線はスツールに腰掛けた僕と同じ高さだった。

僕が、あまり長く見つめたせいか、男はニヤリと笑った。その瞬間、気むずかしそうな顔が消滅し、好々爺と言ってもいい愛嬌のある笑顔が現れた。瞳にも暖かさがあふれた。滋味……という言葉が浮かぶような笑顔だった。その落差に、僕は驚いた。

「おそらく、あなたは今日最後の客です。ちょっとお節介を焼いてみたくなったんですよ」と、男はストレートグラスをコースターの上に置き、ワイルドターキーを注いだ。

それから、もうひとつコースターを出し、そこにチェイサーを置いた。背の高い細いグラスだった。よく冷えた水なのだろう、グラスに細かい水滴が付いた。僕は笑った。ストレートグラスを持ってワイルドターキーを呷り、チェイサーのグラスを取り上げ、水を口に含んだ。男も笑った。

「さっき、その窓から覗いていましたね」

「ええ」

「開店して、まだ一年足らずなんです。何が気に入って、この店で飲もうと思ったのですか？」

「壁のリノ・ヴァンチュラと、目が合ったものだから」

男は、壁の額を一瞬見つめて、僕を振り向いた。

「どのヴァンチュラですか？」

「『冒険者たち』の……」

「ああ、あれですか。私は、『ギャング』のヴァンチュラが好きです」

男が顎で示した方を見た。そこには「ギャング」の中で、車からオートマチックの拳銃を突き出すリノ・ヴァンチュラがいた。口ひげを生やし、トレンチコートを着ている。死を賭して汚名を晴らす、老ギャングのギュを演じた。あれも、パリとマルセイユが舞台の映画だった。

「ギュは、なぜあんな馬鹿な死に方をしたのだろうか」

男がじっと僕を見た。

「本当に……、馬鹿な死に方だと思いますか?」

「馬鹿という言葉には、いろんなニュアンスがある。あの馬鹿が……と愛情を込めて言う場合だってある」

「ひとりくらいは、こういう馬鹿が……」と、男は北島三郎の『兄弟仁義』の一節を歌った。

「確かに……そういう馬鹿だね。ギュは」

「ギュは、自分が密告者だと疑われることに耐えられなかった。そのために、死を賭して汚名を雪《そそ》ごうとした。確かに馬鹿な生き方ですが、馬鹿な死に方ではありません」

「しかし、ブロ警視が記者たちの前で、わざと手帖を落とさなければ、彼の汚名は晴れないままだったかもしれない」

男は、ニッと擬音が入るような笑みを浮かべた。それから、なかなか、お詳しいようですね、と言いながら僕のグラスに再びワイルドターキーを注いだ。

「これは、店のおごりです。ギュやブロ警視という名前が出たのは、久しぶりですから……。みんな『冒険者たち』のローランやマヌーやレティシアの話ばかりする。ヴァンチュラは『ギャング』の老ギャング役がとてもいいのですが……」

「でも、これで明日の朝、後悔することになりそうだ」

「後悔しない酔っぱらいは、ただの飲んべえです。あやまちを犯し、後悔することで、人は生きていけるし、成長するのです。あやまちを犯さない酒飲み、後悔しない酔っぱらいというものは、存在しません。それは……、概念矛盾です」

僕たちは、同時に笑った。男は槇原隆一と名乗り、僕も樫村勝平と名乗った。その夜以来、僕は「マルセイユ」に通うことになった。「マルセイユ」は、夕方の五時から店を開け、客がいれば明け方まで営業していた。槇原自身は酒は飲まず、しらふで酔客たちに付き合った。

夕方六時から十一時までは神田弥生というアルバイトの女の子がいて、酒やつまみを運んだ。彼女は女子美の三年生で、二十一歳の元気な女の子だった。僕が「マルセイユ」にいく時刻には、仕事を終えて客としてカウンターで飲んでいることがたまにあり、何度か口をきいたことがあった。

彼女は美術系の女子大生らしく、妙になれなれしかったり、不意にふさぎ込んだりするところがあったが、基本的には溌剌とした若い女性だった。「弥生ちゃん、弥生ちゃん」と、客には愛された。彼女を目当てに通ってくる客もいた。

しかし、槇原の店の客層は、十一時を境にして一変した。十一時を過ぎると、店は槇原ひとりになり、常連客が集まってきた。客たちは、槇原に似たわけでもないだろうが一様に無口で、客同士が会話をすることもあまりなかった。皆、時々、ぽつりと独り言のように言葉を漏らし、それを槇原が短い言葉で受けた。

その反応が、いつも適切でシニカルで的を射ていた。しかし、若干の関西なまりがあり、それが微妙にユーモラスなニュアンスを醸し出した。その結果、口にした言葉は辛辣でも、相手には柔らかく受け取られる。

僕は、そんな槇原に感心し、今度はどんな受け答えをするだろうか、と槇原の言動を注視した。結局、「マルセイユ」という酒場は、槇原のいわく言いがたい魅力で客が集まっていたのだ。いつの間にか、僕もそんなひとりになっていた。

最初の出逢いでフランスの古いフィルム・ノアールについて話をしたから、時々、槇原は映画について話しかけてきた。僕らは知識を披露し、時には競い合った。

それは、ジャン＝ピエール・メルヴィル監督の日本未公開作品についてだったり、ジョゼ・ジョバンニは小説はいいのに映画を監督するとどうしてああダメなのか、といったたわいのない話題ばかりだった。しかし、酒場の会話としては肩が凝らず、時には夢中になれた。難しいことを考えずに飲んでいられた。

最初に聞きそびれて以来、カウンターの後ろに置かれている裕次郎映画についての話は出なかった。僕も何となく訊くのをためらったのだ。フランスのフィルム・ノアールと日活ムードアクションに共通点がないわけではなかったが、槇原が言い出さない以上、僕の方からは話題にはしにくかった。洋画について話す方が、僕らのスノビズムを満足させたのだろう。裏返しの選良意識である。

かなりの映画好きでも、リノ・ヴァンチュラを知っている日本人はそういない。だが、石原裕次郎を知らない日本人はいない。動脈瘤の手術をし生還した裕次郎が、慶応病院のベランダから手を振っている映像が流れたのは、まだ数年前のことだった。そんな有名人を話題にすることは、映画マニアの矜持が許さないのではないか。少なくとも高尚な話題ではない。言葉にすると、そんな気分だったのかもしれない。

そんな自分がイヤになったのか、あるいは、どうしても訊きたくなったのか、ある夜、僕は思いきって口にした。

「その棚に並んでいる裕次郎のムードアクションだけど、どういう基準で選んだの？」

槇原は、とうとう質問しましたね、というようにニヤリと笑った。それから、背後の棚を振り返った。

「それぞれに……好きなんですよ」

「『赤いハンカチ』『二人の世界』『夕陽の丘』はムードアクションの傑作だけど、他の三本は少し出来が落ちるんじゃないのかな」

「『太陽への脱出』は、裕次郎が初めて死んだ作品です。それに、ヒロインを演じた女優がいい。新劇の女優でタイにすむ中国系のメイド役ですが、哀切です。『帰らざる波止場』と『夜霧よ今夜も有難う』は、元ネタになった作品に敬意を表して置いてます。この二本には、オリジナル版よりいいセリフがあります」

「元ネタは、『過去をもつ愛情』と『カサブランカ』だ」

「さすがですね。日活映画までフォローしているんですか」

「ルリ子は、それぞれフランソワーズ・アルヌールとイングリッド・バーグマンがやった役を演じている」

「どちらも……美しい憂い顔でした」

「そう言われれば、出来の善し悪しより、裕次郎とルリ子が醸し出すムードが棄てがたい」

「ところで、『波止場の鷹』は見ましたか？」

「見ました。生島治郎の処女作の映画化だった」

槇原はうなずくと、一番上の棚の奥からブッシュミルズのボトルを取り出した。十六年ものだ。僕のようなアルコール大量消費者にとっては一杯のコストがかかりすぎるため、とても手が出ないアイリッシュ・ウィスキーだった。

槇原は、カウンターに新しいコースターを並べ、ショットグラスを二個置いた。そのグラスに、ブッシュミルズをなみなみと惜しげもなく注ぎ、一個を自分で取り上げた。

「久しぶりに……本物のムードアクション・ファンに会いました。これは店のおごりです」

そんな風にして、僕は「マルセイユ」のカウンターで飲み続け、三年の月日が過ぎていった。

その年の夏の頃は、いつも午前零時を過ぎると槇原の店に顔を出し、カウンターの隅に腰を下ろして、水で割った薄いバーボンをゆっくりしたペースで飲んでいた。泥酔するために、強い酒を立て続けに呷るように飲んでいた時期は過ぎ、常にほろ酔いでいるために僕は飲んでいた。

僕がまだ小さな出版社に勤め、月刊誌の編集部にいた頃、ある詩人に連載の原稿依頼をしたことがある。その詩人は僕より二十歳ほど年上で、野球がとても好きだった。その頃は、FM放送で毎朝パーソナリティをつとめていた。そのためか一般にも名を知られていたが、彼の詩を読んでいるという人間には、なかなか出会えなかった。

編集会議で僕がその詩人のエッセイの連載を提案し、編集長の同意が得られたのも、詩人がラジオのパーソナリティとして知られていたからに過ぎない。編集長は「彼は、詩人だったのか?」と、思わず口を滑らせた。

その詩人に指定された喫茶店で会うと、まだ昼前だというのに詩人の前にはビール瓶が置かれていた。ただし、冷えていないビールだった。常温のビールというものを、僕は飲んだことがなかった。目を丸くする二十代の僕に、詩人は「僕は、いつもこれだから……」と笑った。

なぜ常温のビールなのかと尋ねた僕に、詩人は「冷たいものは、体に悪いからね」と答えた。それなら年がら年中ビールを飲む方が体に悪いだろうと思ったが、口には出せなかった。もっとも、そんな失礼なことを言っても、詩人は静かに笑っているだけのような気がした。

それから二年間、毎月、原稿をもらうために詩人と会った。毎回、同じ喫茶店で、同じように常温のビールを飲んでいた。彼は水も飲まず、コーヒーも飲まず、強い酒も飲まず、いつも常温のビールを飲んで、ほろ酔いを保っていた。彼がアル中だったのかどうかはわからない。

月曜から金曜までは早朝に目を覚まし、午前六時にはＦＭ局に入り、午前八時からの四時間は女性アナウンサーをアシスタントにしてパーソナリティをつとめていたが、その間も常温のビールを飲んでいるという。彼にとって、飲み物はビールしかなかった。彼は、常にほろ酔いでいたかったのだ。

その効果かどうかはわからないが、彼が書く詩は素晴らしかった。素敵な詩を書いた。彼が書く詩は抽象的なフレーズに充ちていたが、それを読むと明日からも生きていこうという希望が湧いた。心の底の深い深いところに、そのフレーズは響いたのだ。

詩人と定期的に会っていた頃から長い時間が経って、年がら年中酒を飲むようになった僕には、詩人が求めたものがようやくわかりかけていた。常にほろ酔いでいることの意味が、何となくつかめた気がした。

しかし、僕が酒を飲み続けるようになったのは、詩を書くためではなかった。僕は、あるイヤなことを忘れるために飲み始め、それが習慣になり、いつの間にか飲みたいから飲むようになった。

もっとも、いくら泥酔しても、忘れたいものは僕の記憶からは消えてくれなかった。それどころか、そのイヤな記憶は、泥酔して目覚めた僕の頭の中で、改めて鮮明な像を結び僕を苛んだ。

記憶がなくなるのは、飲んでいた間のことだけだった。

酔っぱらいなら、憶えがあるはずだ。泥酔し、記憶をなくして目覚めた朝には、自己嫌悪だけしか存在しない。それ以外のものは、アルコールと共にどこかへ消えてしまうのだ。自分がどんな振る舞いをしたか、どんなことを言い散らしたか、強い不安が襲ってくる。だから、また酒を飲みたくなる。いつの間にか、僕は飲まずにいられない人間になった。

やがて、飲めば必ず泥酔して記憶をなくす時期を脱し、僕は酔っぱらいの第二期に入った。常に飲んではいるが、ほろ酔いを保つのである。仕事で会った人間には顰蹙を買うことが多いが、仲間内では、あいつはそういう奴だということが浸透した。その頃の僕は、寝ている時以外は飲んでいた。


今村彰がやってきたのは、そんな日々のことだった。その日も、僕は槇原の店のカウンターの隅に陣取り、ゆっくりと水で割ったバーボンを飲んでいた。その日飲んでいたのは、I・W・ハーパーだった。クセのない、飲みやすいバーボンである。その頃は、やわらかな口当たりのよい酒を好むようになっていた。

「樫村くん」と、いきなり声をかけられた。

振り向くと、今村が立っていた。店に入ってきたのも、僕の横に立ったのも気付かなかった。

「今村さん……。どうかしたんですか?」と、僕は答えた。

他に言う言葉は見付からなかった。今の業界に入ったばかりの時、今村に頼まれてある仕事を手伝ったことがあるが、今では顔見知りという程度の関係である。僕のいきつけの酒場にやってくるような間柄ではなかった。

「この時間にここへくれば、会えると聞いたものだから……」と、今村が言った。

「会えたでしょう」

「何の用だ、と思っているんだろうなあ」と、今村は独り言のようにつぶやいた。

「何の用だ？」

今村が笑った。笑った今村を見たのは、初めてだった。仕事仲間ではあったが、今ではほとんど個人的な付き合いはなかった。それに今村は、仲間内での嫌われ者だった。フリーライターたちの間では、評判の悪い男である。今村本人も、そのように思われることを望んでいる節があった。

誰もが今村を嫌い、個人的に付き合おうとはしなかった。どんな世界にも、そんな男はいる。今村が特別だったわけではない。僕は特に今村を嫌ってはいなかったが、他の仕事仲間に対するのと同じように、今村とも距離を置いて接していた。

ただ、僕には、今村との忘れられない思い出がある。心暖まる思い出というわけではないが、あれはあれで一夜限りの友情あふれるエピソードだったのかもしれない。互いに相手を認め、一時はそれなりの敬意を抱き合ったと思う。彼は僕に相棒にならないかと言ったが、僕は今村の生き方につきあえなかった。僕と今村は、生き方も考え方も違っていた。

あれは僕が会社を辞め、しばらくブラブラした後、手持ちの金も底をつき、何かで稼がなければならなくなり、昔のつてを頼ってある中堅出版社の週刊誌編集者を訪ねた時のことだった。

僕は、その編集者と会い、何らかの仕事をもらおうと思ったのだが、先客がいた。編集部の隅に置いたソファの打ち合わせスペースで、中年の男がしきりに何かをしゃべっていた。編集者に、少し待っててくれと言われ、僕は彼の椅子に腰を下ろし、彼らの話に何となく耳を傾けた。

その男は、熱心にネタの売り込みをしていた。ある政治家の下半身ネタらしかった。与党の中堅代議士が議員宿舎に愛人を連れ込んでいるという情報だった。それなりに名の売れた代議士のようだが、週刊誌が飛びつくほどの大物ではなさそうだった。その男は、時々、僕の方を気にするように見た。

それからしばらくして編集者は男に、もっと確実な証拠が手に入ったら検討しますよ、と答え、男は不満そうな顔をしながらも、ソファから腰を上げた。立ち上がると、男は意外と背が高かった。一七〇センチ台の半ばだろうか。その世代としたら大きな男だ。床に置いていた大きなショルダーバッグを拾い上げ肩にかけると、男は、じゃあ、と言うように編集者に軽く片手をあげて出ていった。

それから僕は編集者と、しばらくぶりだね、と挨拶を交わし、フリーでやっていこうと思っているのだが、何か仕事をもらえるだろうか、とストレートな訊き方をした。

「そんな言い方だと、雑用ばかりお願いすることになりますよ」と、昔なじみの編集者は言った。

「さっきの人、今村さんて言うんですが、あの人なんかは自分で様々なネタをつかんできて、高く売り込みます。さっき、聞いていたでしょ」

「でも、僕は駆け出しだし……」

「フリーでやっていくんだったら、自分を高く売らないと……」

そんなもんか、と僕はため息をついた。その頃の僕は、いくばくかの金を稼ぎ、少しの食べ物と酔っぱらえるだけの酒があればいい、と思っていた。結局、その日、僕は細かな仕事をいくつかもらって、編集者と別れた。


「おい、さっきの話、聞いただろう」と、編集部を出て一階ロビーを抜けようとしたとき、ロビーの隅の椅子に座ってタバコを吸っていた、先ほどの今村という男が声をかけてきた。

「内容は、具体的にはわからなかった」

「そんなことはないはずだ。この業界に入ろうって人間なんだろ」と、今村は言って、編集者から聞いたよ、というように編集部の方を顎で示した。

何だか、横柄な態度だな、と僕は思った。だからといって、嫌だったわけではない。ジャーナリズムの世界でフリーとして生きてきたのだ。それくらいのふてぶてしさを身に付けているのは、当たり前だろうと納得した。

「それで、どうしろと……」

「手伝わないか。頭から説明しなくてもいいのが助かる。おれが言ってた代議士の宿舎を張るのさ。決定的な証拠の写真を撮りたいのだが、カメラマンに払う金がない。あんた、写真くらいは撮れるだろ」

そう言いながら、今村はショルダーバッグから一眼レフを取り出した。ストロボを付けたオートフォーカスのカメラだ。

「そのカメラなら、誰でも、それなりの写真が撮れる。しかし、もっと望遠のレンズが必要だろう」

「これはズームで二一〇ミリまである。何とかなるさ」

そんないきさつから、僕は赤坂にある議員宿舎を今村と交替で張ることになった。

車は、今村が調達してきた。僕は、夕方から深夜まで議員宿舎の入り口が見える場所に車を駐め、ただひたすら待った。相手は、保守党の中堅どころの議員で、いずれは大臣くらいにはなりそうだったが、彼のスキャンダルが政局を左右することにはならないだろうと、僕も今村も思っていた。

二日目の夜のことだった。車の運転席側のウィンドウを少し下げて、望遠レンズで宿舎の入り口を見ていた時、突然、運転席と助手席のドアが開いた。うかつにも、僕はロックをしていなかったのだ。もっともロックしていれば、ウィンドウを叩き割られていたかもしれない。

一眼レフを目から外した僕を、いきなり拳が襲ってきた。避けようもなかった。見事に右の頬に決まり、僕は、一瞬、何が起こったのかわからなかった。

僕を殴った男は運転席のドアを開けて僕を引きずり出し、僕の体を車に押しつけ、ボディに強烈な一発を送り込んできた。瞬間、腹筋を引き締めて力を込めたけれど、そんなことは大した役には立たなかった。猛烈な痛みが全身に走った。僕は体を折った。胃がせり上がってくるような吐き気に襲われた。頭がクラクラして、やがて地面が近付いてきた。

「おい、吐くなよ」と、頭の上から声が落ちてきた。

僕は襟首をつかまれ、無理矢理に体を起こされると、すぐ後ろに駐車していた、黒塗りのベンツの後部座席に放り込まれた。そこには、すでにひとりの男が腰を下ろしていた。その男の隣に乱暴に押し込まれると、僕を殴った男が乗り込み、僕は二人の男に挟まれる形になった。車が発進した。僕が乗っていた車の助手席のドアを開けた男が運転していた。

「何なんだ。あんたたち」と声が出せたのは、十分も走った後だったろうか。

運転席の男はよく見えなかった。僕を殴った男は右側にいた。まだ二十代くらいの若い男だった。上下ともジャージを身に着けているが、体育会系の学生とも思えなかった。体は大きい。横幅もある。その男が体重を乗せたストレートを打ち込んできたのなら、相当なダメージを受けたのも仕方がない。

「あんたは、質問できる立場かい？」

左側の男が穏やかな声で言った。三人の中では、最も年嵩のようだった。といっても、三十代後半だろうか。ブラックスーツに真っ白なシャツをノータイで着ている。短く刈り上げた頭は、アメリカの海兵隊員のようだった。顎の張った四角い顔をしている。がっしりした胸板に、引き締まったウエスト。太股の太さはかなりある。相当に鍛え上げた体のようだった。首筋に刃物の傷のようなものがあった。

その男が、僕の右側の男に「目隠し」と言った。右側の男がアイマスクを取り出した。そんなものを用意しているくらいだから、僕を計画的に拉致したのだ。それは、間違いない。何のために？　あの議員が知り合いの暴力団にでも泣きついたのか？　いや、女のスキャンダルだけで、そこまでやるだろうか。正体不明の不安が身の裡にせり上がってきた。

連れていかれたのは、人の気配がまったく感じられない場所だった。椅子に座らされ、後ろ手に縛り上げられ、それからようやくアイマスクが外された。がらんとした倉庫の真ん中だった。だだっぴろい空間が不安を募らせた。正面に年嵩の男が立って、じっと見下ろしていた。男たちは顔を晒している。顔を覚えられることを気にしていない。そのことの意味に気付いて、戦慄した。

「震えているのか？」

「……」

僕は、何も答えられなかった。口を開けば、浅ましく命乞いをしそうだった。黙り続けることでしか、自尊心を保てない。ただ、耐えた。恐怖に耐えていた。

「質問に答えれば、帰してやるよ。安心しな」

「……」

「口もきけないのか？　それとも黙秘を通すのか？　今村の助手にしちゃ、少しは肝があるのかもしれねぇな」

「今村を知ってるのか？」

「ジャーナリストかフリーライターか知らねぇが、汚い男だからな。おれたちの世界でも名が売れてる。恐喝屋としてね」

ヤクザだろうか。両脇に直立不動で立っている二人の男を見ると、右翼を連想した。運転してきた男もジャージの上下だ。体格がいいのは共通している。保守党の代議士と右翼団体なら、どこかでつながりがあるのかもしれない。もっとも、右翼の政治結社がヤクザの隠れ蓑であるのは、よくあることだ。

「今村とおまえが、昨日から交替で議員宿舎を張っていたのは、すぐに連絡が入った。昨日一日、観察させてもらったよ。おまえの狙いは誰なんだ」

「……」

「あきれたな。本当に黙秘するのか？」

男が目配せをした。僕を殴った男が目の前に立つ。僕に覆い被さるようにして、左手で椅子の背をつかんで斜めにした。足が床から浮き上がる。男の目を捉えて睨み返した。表情のない目だった。男は右腕を引いた。次の瞬間、再び僕の鳩尾に男の堅い拳がめり込んだ。息が止まる。血の気が引いた。空っぽの胃が悲鳴を上げた。痙攣を止められない。僕は惨めに震え続けた。

「もう一度、訊く。誰を張っていた？」

僕の痙攣がおさまり、痛みが徐々に去っていく間、沈黙していた年嵩の男が再び口を開いた。教師が成績の悪い生徒を問い詰めるような言い方だった。苛立ちを隠そうとして隠しきれない感じだった。その口調が、僕の恐怖を煽った。次は何をされるだろう。

「北風と太陽の話を知っているか？」

苦しい息をしながら僕が言うと、男が、一瞬、目を丸くした。その直後に高笑いを始めた。芝居がかった笑い方だった。自分を大物に見せようとしているような笑いだった。両脇の男たちは、黙って直立不動のままだ。

「おい、こんなやり方じゃ口を割らないそうだ。仕方がない。ここで野垂れ死んでもらおう」

男は、両脇の男たちにそう言った。

「この倉庫はな、今は使っていないから誰もこない。大声を出しても誰にも届かない。運がよければ、ロープをほどいて逃げ出せるかもしれない。しかし、その結び方は本格的な奴でな。簡単にはほどけない。もしかしたら、一ヶ月くらいしたら発見されるかもしれない。その時のおまえは糞便を垂れ流し、腐り始めていて、ひどい匂いを放っている」

そう言うと、男たちは倉庫の明かりを消して出ていった。その時、僕はそれが彼らの手なのだと思っていた。そう言って恐怖を煽り、僕を弱らせ、改めて尋問する気なのだと……。

しかし、男たちは何時間経っても戻ってこなかった。僕は暗い倉庫の真ん中で、気が狂いそうになった。その時、僕は昔見た映画を一本一本、詳細に思い出すことで、かろうじて正気を保った。僕はタイトルバックを甦らせ、ひとつひとつのシーンを頭に浮かべた。

アラン・ドロンとリノ・ヴァンチュラの『冒険者たち』は十五歳の時に見た。レティシアというヒロインを演じたジョアンナ・シムカスが、コンゴの青い海から船に上がる時に見せたビキニ姿を甦らせ、ラストシーンの要塞島でのアクションシーンを順番に辿り、最後の「この大嘘つきめ」というセリフを口に出した。

リノ・ヴァンチュラの『ギャング』を見たのは、『冒険者たち』より後だった。高校生の時だ。脱獄から始まる物語。老ギャングのギュは、海外への逃亡資金を稼ぐために最後の仕事をするが、仲間の裏切りや警察署長の罠にはめられ、裏切り者の烙印を押される。彼は名誉を守るために、覚悟して死地に赴く。その最初のシーンから最後のシーンまで、思い出せる限り僕は甦らせた。

倉庫の高い位置にある窓から、朝の光が差し込んできた。やがて日が高くなっていく。倉庫の扉がガラガラと音を立てて開いたのは、もう正午近くだった。まばゆい光の中に、男のシルエットが立っていた。その向こうに車が駐まっていた。見覚えのある車だ。昨夜、乗り棄ててきた車だった。男は、今村だった。

「大丈夫か?」

走り寄ってきた今村は、僕のロープをほどき、抱きかかえるようにして床に降ろした。足腰が立たなかった。屈辱にまみれていた。自尊心など、どこかへ飛んでいってしまった。

「一晩中、監禁されていたらしいな」

「一体、どういうことなんだ?」

「車の中で話そう。こんなところは一刻も早く出たいだろ」

そういうと、今村は僕が縛られていた椅子を律儀に倉庫の隅に片づけ、まるで忘れ物がないか確認するように周りを見渡した。僕は、明るい陽光の下に出て、車の助手席に乗り込んだ。今村が倉庫の扉を閉めた。

「鍵はどうなっていた?」

運転席に座った今村に、そう訊ねた。

「鍵はかかっていない、と奴らは言っていた。脅すだけが目的だったようだ」

「何があった?」

「昨夜、交替しにいったら、車はキーをさしたまま、おまえはいない。心当たりをいろいろ当たって、今朝、事務所に戻ったら、留守番電話が入っていた。匿名でな。おまえが監禁されていると言った。ここの場所を教えて『おまえもあいつみたいな目に遭いたくなかったら、余計なことはしないことだ』と言って切った」

「心当たりはあるのかい？」

「ない。ただ、女がらみのスキャンダルにしちゃ、やることが大げさだ。もしかしたら、別の筋の人間がおれたちの狙いを勘違いしたんじゃないかと思う」

「勘違い」

「見張ってる間、何かなかったか？」

「そう言えば、昨日、保守党の実力者と言われる幹事長が宿舎に戻ったとき、ものものしい私設ボディガードが二人付いていたな。ついレンズを向けたが、その時、ボディガードのひとりがこちらを向いた。目の鋭い男だった。背筋がヒヤリとするほどだったよ」

「その前後、誰か、見なかったか？」

「気になったのは、その三十分ほど後に、防衛庁の幕僚長がきたことだ。彼はそこに住んじゃいないから、誰かを訪ねたのだろう。それに制服じゃなく、スーツ姿だった」

「そんな奴の顔、よくわかったな」

「以前、勤めていた頃に『憲法九条と国防』というテーマの特集記事を担当したことがある。その時に取材した相手だ」

「なるほどね。そりゃあ、大物がかかったのかもしれない」

「どうするんだ？　そちらを追うかい」

「いや、やばすぎる。おまえだって、ひどい目に遭っただろ」

「いろいろあって、もういつ死んでもいいと思っていた。しかし、実際に殺されるかもしれないと思った時、死にたくないと思った。こいつらが隠したがっているものを暴いて公表しないと、死んでも死にきれないと思った。今でも、いつ死んでもいい気分だが、死ぬのを決めるのは自分なんだ。人には決めさせない。それは絶対に譲れないことなんだ。それがはっきりわかったよ」

「なるほどな。見込んだとおりの男だな。しかし、おれたちは商売でやってることだ。社会正義を振りかざしても意味はない」

「社会正義じゃないさ。私怨だよ」

「いや、おまえはまだ青い。脅されて屈服しない根性は買うが、この商売は清濁あわせ呑まなきゃ長続きしないぜ。おれはつぶされたり、自分でつぶれていった奴を大勢見てきた。その中じゃ、おまえは見込んだとおりだった。なあ、おれとずっと組まないか。おれと組めば、いい稼ぎになる」

「あいつらは、あんたのことを知っていた」

「何だって?」

「あんたは恐喝屋だそうだ」

「あいつらが、そう言ったのか」

「ああ、本当なのか?」

「そんな一面もある。掴んだネタは、できる限り高く売る。それがおれのやり方だ。売る相手は、いろいろいる」

「スキャンダルの張本人にも売るのかい？　公表されたくなかったら買い戻せって……」

「そういう場合もある」

「……」

「なあ、おれには相棒が必要なんだ。肝の据わった、頭の切れる奴が必要なんだ。おまえは合格だ。あいつらにもビビらなかったし、口も割らなかった」

「何も知らないんだ。口の割りようがなかった」

自分の言葉に、胸がちくりとした。プライドみたいなものが、まだ自分に残っていたのかと、僕は不思議な気がした。

「あんたには助けてもらった。本当に助かったよ」

「おれと組めば、本当にいい金になるんだぜ。そのうち、王様の暮らしができる。どこかの南の島でな。それが、おれの夢だ。おれはそれまでに稼げるだけ稼ぐつもりだ。どこから出ようと、金は金だ。汚ねぇことをやっている連中から、少しくらいかすめとったって、悪いことはない。気にすることはない。あいつらにとっちゃ、あぶく銭だ。それに、そんなに吹っかけるつもりはないよ。そこら辺の見切りを間違うと、東京湾に沈んだりするからな……」

「止めてくれないか」

「えっ、何だ？」

「その辺でいい。止めてくれないか」

今村はあきれたように肩をすくめたが、車を止めた。羽田が見える海のそばだった。僕は助手席のドアを開けて出た。

「なあ、考え直さないか。おれたちは、いい相棒になれそうな気がするんだ」

「今村さん、僕はそんなに金が欲しいわけでも、社会正義を貫きたいと思っているわけでもないんだ。ジャーナリストだなんて思ってない。単に食うために始めた商売だ。でもね、自尊心は守りたいと思ってる。人から強要されたり脅されたりして、その人間の思うとおりにさせられるのはイヤなんだ。ただイヤなだけだけど、それはもう生理的な問題でね。せっかくの誘いだし、助けてもらった恩もあるけどね……」

一瞬、今村が悲しそうな顔をした。その瞬間、僕は今村に好意を感じたのかもしれない。どちらにしろ、今村は僕を助けてくれたのだ。しかし、今村はドアを閉めると、車を出した。その車を見送りながら、僕は二度と今村と組むことはないだろうと思っていた。


その後、僕は保守党の幹事長と幕僚長の関係を探ってみたが、何もわからなかった。そのことはずっと気になっていたのだが、数年経っても何も進展はなかった。僕を脅した三人の男の顔ははっきり憶えていたが、彼らを捜すつてもなかった。

僕は日々の仕事に追われ、そのことを気にすることもあまりなくなった。フリーライターの世界に、どっぷりと浸かってしまったのかもしれない。今の僕と今村の違いは、どこにもなかった。あの時、今村の誘いを断った自分が別人のように思えた。

今村は、その後もいろいろな仕事をこなしていた。今村が同業者たちに嫌われたのは、金になる仕事ばかりを露骨に漁るからだった。ペイのいい仕事なら、他の仲間に決まっていたものまで奪った。それだけに、腕はよかったのだ。相手の思惑などまったく気にせずに取材した。

誰もが二の足を踏むような悲惨な事件でも、被害者の遺族のコメントを強引にとってきた。凄惨な幼児連続殺人の犯人が逮捕された直後、今村は犯人の父親に無理矢理取材した。その父親は、取材後、自宅のマンションの屋上から飛び降りた。

しかし、今村の書く記事には魅力があった。そのためにいろんな人を傷付けたかもしれないが、読者には受けたのだ。だから、今村のやり方に嫌悪感を持ちながらも、多くの編集部は彼を使った。今村は、汚い仕事も平気で引き受けた。

フリーライター仲間によれば、今村はブラックジャーナリズムの世界にも足を踏み入れていて、恐喝まがいのようなこともやっているという。あの男が口にしたように「恐喝屋」だったのかもしれない。いつか東京湾に沈められるぜ、と今村に面と向かって言う男もいた。そんな時でも、今村はただもっそりとした顔で、静かに相手を見返すだけだった。

そんな今村の表情を見ると、この男は何かを諦めたのかもしれない、と僕は思った。人生のコアの部分で、何かを諦め、ただひとつのことだけを守っている……。いや、生きていかなければならないから、ひとつのことにすがりついているのかもしれない。

今村は露骨に金を稼ぐことで、何かから逃げている。それは、いつしか僕の確信になった。何かから逃げているのは、僕も同じだった。僕は酒を飲むことで、逃げている。今では、同類を見るような目で、僕は今村を見ていたのかもしれない。

今村は、もう四十をかなり超えた年だった。フリーライターとしては、トウが立ち始めていた。編集者は、自分より年上のスタッフはあまり使いたがらない。その頃の今村は、以前より仕事が減っているようだった。それだけに、焦りがあったのかもしれない。

部数を出すことより、金を持っていそうな輩の弱みを握り、記事にしない代わりに広告料という名目で金を受け取るので有名な、やばい筋の人間が発行している雑誌の仕事をしていると聞いたことがあった。

そんな仕事は、金にはなるが恨みを買う。電車を待っている時、いきなり後ろから突き落とされる覚悟がなければ、できないような仕事だった。当時、いつ死んでもいいと思っていた僕だったが、そこまでの覚悟はなかった。

「あんたに、預かってもらいたいものがあるんだ」と、カウンターの椅子に腰を下ろした僕の横に立ったまま今村が言った。

僕は椅子を下り、槇原に、奥のボックスを使ってもいいか、と尋ねた。槇原は黙って頷き、僕は今村を促して奥のボックスに入った。今村に飲み物を聞くと、何もいらん、と答えた。

「ここはバーだぜ」

「酒はやめたんだ」と、今村は言った。「昔、一生分を飲んじまったんでね。あんたと最初に会ったときに言わなかったかな」

その時ちょうど、槇原が僕の頼んだバーボンのお代わりを持ってきた。何かアルコール抜きの飲み物をお持ちしましょう、と言って去った。その槇原の背中を見送るように見て、今村は改めて店内を見渡した。それから、ひとつの映画のスチールに目をとめた。

「あの映画、昔、見たことがある。初めてのデートで見た映画さ。デートには、ふさわしくない映画だったがね」

今村が目をとめたのは、『現金に手を出すな』のジャン・ギャバンのスチールだった。封切りで見たのなら、今村はまだ中学生だったろう。東京タワーができる前の映画だった。

「あんたにも、そんな時代があったんだね」

「いい店だ。マスターも気が利いている。昔、飲んでいた頃なら常連になるだろうな」と、今村は僕の皮肉な言葉には答えず、また独り言のように言った。

今村は話し相手のいない、孤独な生活に慣れてしまったのかもしれない。独り言を口にすることで、自分の存在を自分に確認させているのだろうか。何をバカなことを……、それは自分のことじゃないか。

「ところで、僕に何を預かれというのだ？」

「封筒だ。Ａ４サイズ。一センチほどの厚みがある」

そう言って、今村は取材用のショルダーバッグから封筒を取り出した。しっかりした封筒だった。封はのり付けされていた。ご丁寧に鑞で刻印を押してある。僕は受け取り、厚さを測るように封筒をつかんでみた。

封筒の下の方に細長く四角いものがあった。たばこの箱ではなさそうだ。カセットテープか、あるいは昨年ソニーから発売になった、８ミリビデオのテープかもしれなかった。封筒を振ってみると、ケースの中のテープがカタカタと鳴った。

「証拠の写真とテープか？　音声だけか、８ミリビデオの映像付きかはわからんが……。預ける先が違っているんじゃないか」

「他に、思いつかなかったんだ」

「なぜ、僕なんだ？」

「あんただけが、おれを嫌わなかった。他の人間に対するのと同じように接してくれた。特別、親切だった訳じゃないが、おれにとっては大きな違いだったのさ。他の奴らは、みんなおれを蛇蝎のごとくに嫌っているからね」

「ずいぶん薄弱な理由なんだね」

「そうかい。ずいぶん大きな理由なんだがな」

「そんなことで何かを預かっていたら、僕の部屋は預かりものだらけになってしまう」

「でも、あんた以外に頼めないんだ。あんたは、去年、友だちのために事件を追って、ひどい怪我をしたじゃないか。だから、あんたは信用できると思ったんだ」

確かに、ひどい事件だった。僕は大学時代の友人の妹が家出をしたと聞き、彼女を捜すためにあちこちを訪ねた。その結果、古い事件を掘り起こすことになり、結局、その事件の真相を暴かれたくない男に襲われ、左手をナイフで裂かれ、左足を複雑骨折した。

その傷は、今でもひどく疼くことがある。あんな思いをするのは、二度と御免だった。危ういことには、近寄らないのが一番である。僕が学んだのは、そういうことだった。だから、今度やばそうな話がきたら、尻尾を巻いてとっとと逃げることに決めていた。

「誰かを、強請っているのかい？　おれを殺したら、自動的に証拠がさる筋に届くことになっているっていう……例のアレ？」

「そんなことはしていない。それに、もしおれが死んでも、その封筒をどこかへ届けてくれということじゃない。ただ、おれが持っているより、あんたに預けておいた方がいいと思うだけなんだ。その中身を見て、興味が湧いたらおれの跡を継いでほしい。そのことを世間に知らせてほしいんだ」

「そんなことは、約束できない」

「かまわないさ。おれに何かあったら、その封筒を開けてほしいだけなんだよ。それを読んでどうするかは、あんたにまかせるよ。あんたに無理強いしようとか、何かをしてほしいとか、そんなこと期待しちゃいない」

僕は、今村の顔をじっと見つめた。今村については、特別に何かの感情を抱いている訳ではない。その頃の僕には、他人に対する興味というものが、まったく湧かなかった。といって、自分自身に対しても、何の感情も持てなかったのだが……。

死んでしまえば、すべての問題は解決したのかもしれない。しかし、日々、死ぬことを想像はしても、実際に死ぬことはできなかった。想像の中では、自分の分身が電車の前に身を投げたし、高層ビルから飛び降りていた。

「やっぱり、お門違いだよ。もっとマシな人間に頼んだ方がいい」

僕は、封筒を今村に戻した。今村は、仕方なさそうに封筒を受け取り、どうしたものかという表情でしばらく眺めていたが、やがて諦めたようにバッグにしまった。

「どうしてもダメかい?」と、未練がましそうに今村は言った。

「悪いけど、預かれない」

「礼をすると言っても……」

「そんな問題じゃないんだ。いくら金を積まれてもダメだね」

「あんたは、そんな人じゃないと思っていたんだが……。あんたには正義感があると思っていた」

「正義感？　あんたの口からそんな言葉が出るとは思わなかった。それにさ、人は期待を裏切るものだよ」

僕は、バーボンのグラスを持って席を立った。ボックス席から出て、いつものカウンター席の隅に戻った。今村の方は、一度も振り返らなかった。槇原が僕を見て、それから背後をうかがうようにした。おそらく、肩を落とした今村が店を出ていったのだ。僕には、それが今村の演技のように思えてならなかった。

想像通り、今村は何も言わず店を出ていった。僕は見ていなかったが、槇原が、何だか気落ちしたように出ていきましたよ、と教えてくれた。余計なものを背負い込まされなくてよかった、とその時の僕は思った。


その数日後のことだった。僕が槇原の店にいくと、槇原がA4サイズの封筒を僕の目の前に差し出した。鑞で封印された、今村に戻した封筒だった。僕は、一瞬、混乱し、なぜこの封筒がここにあるのか、理解できなかった。

「この間やってきた人が今日の夕方にきて、これをあなたに……と預けていきました」と、槇原は言った。

「受け取ったのか……」

「まずかったのですか？」

「いや、あんたは知らない話だからな」

「どういうことですか？」

「面倒なことになるかもしれない」

「面倒なこと？」

「悪いけど、この封筒をどこかへしまっておいてくれないか。僕が持っていてもいいんだが、あんたに預けておく方がいいような気がする。迷惑はかけない」

「理由もわからずに、預かるわけにはいきません」

僕は今村とのやりとりを、槇原に話した。もしかしたらトラブルに巻き込まれるかもしれないということも含めて。

「すると、これはよくある強請屋の保険ということですか？　おれを消しても、あるところに預けてある証拠が警察に届くようになっている……という、例のアレですか？」と、槇原も僕と同じことを口にした。

「そうらしいね。今村は、けっこうやばい筋に食い込んでいたみたいだからね。沈められるか、埋められるか、そんな時の保険に預けたのかもしれないな。もっとも、それほど切実じゃない感じもあったけれどね」

「いや、そうでもないかもしれません。これを受け取った時、『これから週に一度、樫村に伝言を入れるよ』と言っていました。うちの店のカードを一枚持っていきましたよ。住所と電話が載っているやつです」

「そんな話を、ペイパーバックで読んだことがあるよ。翻訳が出ないので、待ちかねて原書で読んだのさ。僕と同じ、酔っぱらいの男が主人公のミステリ・シリーズでね。強請屋が主人公に封筒を預けて、週に一度、主人公の住んでるホテルに電話をかけてくるんだ。まだ生きている、というメッセージとして。やがて電話がこなくなり、恐喝屋の死体が見つかる」

槇原は、僕の言葉に何も答えず、肩をすくめただけだった。

それから、週に一度、必ず今村から「マルセイユ」に電話が入った。槇原が受け、真夜中過ぎに現れる僕にその伝言が伝わった。今村は、いつも開店間際に電話をかけてきたので、僕が直接その電話を受けたことはなかった。いつも決まって、今村から電話があったと伝えてくれ、というものだった。

電話がかかってきている間、今村とは仕事の関係では、一度も顔を合わさなかった。フリーライター仲間に聞いてみたが、誰も今村とは会っていなかった。誰もが、いい金になる仕事を見付けたんだろ、と冷たく言い放つだけだった。そんな今村を、みんなうらやましがっていたのかもしれない。誰もが金を稼いで、こんな仕事からは足を洗いたがっているように見えた。

「生きている、というメッセージだと思います。本人もそんな風に言っていました」と、槇原は言った。

槇原は、今村の電話を受けるうちに、何度か個人的な話をしたという。客に対しては無関心を装っているが、槇原は好奇心の強い人間だった。カウンターの中にいて、客の会話は必ず聞いていた。僕が話した今村とのいきさつを、槇原が聞き流すはずはなかった。今村の電話が入るたびに、槇原は少しずつ立ち入った質問をしていたようだった。もしかしたら、僕より今村について詳しくなったかもしれない。

今村が「マルセイユ」に現れたのは、梅雨の最中の六月末だった。そして、今村からの電話が途絶えたのは、八月過ぎのことだった。その週、槇原は、今村からの電話はなかった、と言った。僕は、そうかい、と答えて、バーボンを飲み続けた。今村がどうなろうと知ったことではなかったし、封筒を開けるつもりもなかった。

今村は、行方不明になった。ある週刊誌の編集部から「今村さんに連絡を取りたいのだが、留守電にメッセージを入れても返事がない。どこにいるか知らないか」という問い合わせが、僕のところに何度かあった。

その他にも、顔を合わせた編集者から「今村さん、どうしたの？　連絡取れなくなっちゃった」と言われた。驚いたことに、誰も彼もが今村について、僕に訊ねてくるのだった。僕は、そんなに今村と親しいと思われていたのだろうか。

その女がやってきたのは、吹いてくる風にようやく秋の気配が感じられ始めた八月下旬の頃だった。今村からの連絡が途絶えて三週間が過ぎていた。その夜、いつものように午前零時を過ぎてから槇原の店のカウンターに腰を下ろした僕は、何杯目かのバーボンを飲んでいた。

その日は真夏に戻ったようにひどく暑く、僕は珍しくバーボンのソーダ割りを飲んでいた。ソーダ割りは口当たりがよすぎて、つい飲み過ぎてしまうので、チビリチビリとグラスを口に運んでいた。

その女が店に入ってきた時、客たちは一斉に振り向いた。年は食っていたが、とびきりの美人だった。ほっそりとして、ずいぶん背が高かった。ヒールの高さを差し引いても一七〇を少し超えているかもしれない。抜群のスタイルを保っていた。

白い半袖の麻のシャツの襟を立て、ブルーのジーンズに包まれた脚がすっきりと伸びていた。ベルトの位置は信じられないことだが、体全体の上から三分の一くらいのところにあった。ファッションモデルを別にして、そんなに高い位置にベルトをしている女を見たことはなかった。ローヒールの白いサンダルを素足に履き、小さめの茶色の革のショルダーバッグを肩にかけていた。

しかし、客たちの目を引いたのは、スタイルや美しい顔ではなく、女の持つ何とも言えない雰囲気だった。おそらく、女は三十半ばを過ぎているだろう。目尻にもしわが目立った。だが、長くひとりで生きてきた力強さにあふれていた。男には頼らず、自分の力だけで生きてきたのかもしれない。

女は、ドアの前でしばらく客たちの視線を受け止めていたが、カウンターに近付き、槙原に、樫村という客はいるか、と訊いた。客たちの視線が僕に集中した。槙原が答えなくても、僕が樫村であることは女にもわかったはずだ。しかし、女は槙原が僕に、お客さんですよ、と声をかけるのを待ってから近付いてきた。

「樫村さんですか？」

僕は、女を見上げて頷いた。

「今村彰のことで伺いたいの」

「今村？　あんたは？」

「今村の離婚した妻です」

「彼は、結婚していたことがあるのか？」

「そうね、そんなに長続きはしなかったけれど……」

その時、槙原が、奥の席に移りますか？　とカウンターの中から口を出した。僕は迷った。今村については、何も話したくなかったし、何も聞きたくなかった。この一ヶ月ほど、今村のことばかりを訊かれ、うんざりしていたのだ。

僕は、今村とは会えば挨拶をするだけの間柄だった。僕が軽く手を挙げ、今村が目だけでうなずく。それだけのことだった。しかし、今村の消息がわからなくなり、いつの間にか僕は一番の親友に格上げされていた。そこに、何となく今村の意図を感じた。

実際、ある編集者には「今村さんが、連絡つかない時には樫村さんに訊いてくれ、って言ったんだよ」と言われた。僕は妙に居心地の悪いものを感じた。何かが、僕と関係のないところで進んでいるような気分だった。自分でコントロールできないことがあるとしたら、それは気持ちの悪い存在だ。

僕は槇原の勧めに従って、女を奥のボックス席に案内した。カウンターの客たちが、聞き耳を立てている気がしたからだ。僕はボックス席に腰を下ろした女を、改めて観察した。

男の本能を掻き立てるような女だった。それは単なるセックスへの衝動なのかもしれなかったが、僕はその女と寝たくなったわけではない。確かにセクシーではあったが、相手は別に誘ってはいなかった。しかし、体全体からにじみ出てくる何かがあった。

女はどちらかと言えば、セクシーさを隠そうとしているように思えた。だが、地味な服装の下から、艶めく何かがあふれ出ていた。おそらく、出会った男という男たちに、口説かれ続けてきたのではあるまいか。そんな気がした。今村と結婚していたことが、どうしても想像できなかった。

卵形の顔に、細い眉と切れ長の細い目があった。吊り上がった目尻、黒い瞳がまっすぐに見つめてくる。筋の通った美しい鼻、男心をそそるような厚めの唇に紅が塗られていた。髪は短く刈られている。人によっては、同性愛者と思うかもしれない。それにしては、女の匂いが強すぎた。

「何が訊きたい?」

「今村の消息です」

「そんなものは知らない。今村が何を言った？」

「何かあったら、『マルセイユ』という店で樫村という男に会え。事情は教えてくれるはずだって……」

「そんなこと、言ったのか?」

「ええ」

「僕は何も知らんよ。今村が勝手に言ってるだけだ」

その時、僕は今村から預かった封筒を思い出した。あれを開けば、今村がいなくなった理由がわかるとでもいうのだろうか。

「しかし、あんたは離婚したんだろう。なぜ、今村と連絡があったんだ。それに、なぜ、今村に何かあったと思う?」

女は、じっと僕を見返した。やはり、ゾクゾクするような女だった。しかし、その頃の僕は女という女を憎んでいた。目の前に裸の女がいて、僕に向かって手をさしのべていたとしても、僕は背を向けただろう。僕は、目の前の女に、冷たい視線を向けた。

「私の名前は、西村恭子といいます。今村とは十年前に別れました。今村は三十七、私は二十八でした。今村と知り合ったのは、二十四の時、私もまだ子供だった。あんな男とは知らなかったし、彼の酒癖のことも知らなかった」

「今村は、昔、一生分の酒を飲んだと言っていた。アル中だったのか？」

「そうね。離婚の原因はそれだったわ。私は三年、我慢した。でもダメだった。離婚して、私は妊娠していることに気付いたの」

「今村の子か？」

「そう。今村も認知してくれたし、意外にも大喜びしたわ。子供が生まれて、その子の顔を見た時、酒はやめるよ、と言ったの。それ以来、一滴も飲まなかったはずよ」

「でも、あんたはよりを戻さなかった」

「生まれた子は、重度の心臓疾患を患っていたの。それからの十年、私はその子の看病だけで生きてきたわ」

「男の子かい？」

「女の子よ。かわいいわ。いいえ、かわいかった。天使みたいだった」

女の頬を涙が一筋、伝った。

「死んだのか？」

女は顔を上げた。その言葉を口に出したくないようだった。

「ええ、十日前。間に合わなかったのよ、手術が……」

「それを今村に……」

「そう、連絡が取れなかった。あの子の臨終にも立ち会えなかった。でも、そんなこと、信じられない。あの人、あの子だけは愛していたの。ずっと、特別病棟で治療を受けていて、あの人は、その治療費を送ってくれていた。ずいぶん高額な治療費がかかったのだけど、あの人、十年間送り続けてくれたわ」

汚い稼ぎをする今村、ハイエナのような今村、人の仕事を横取りする今村……、僕が今村に会ったのは六年前だった。フリーになろうと相談にいった週刊誌の編集部で会ったのだ。すでに、今村の評判はできあがっていて、誰もが彼を嫌っていた。そう、蛇蝎のごとく。

「今年の初め、医者に最終宣告を受けたの。心臓移植をしない限り、死を待つだけだって……。そのことを今村に話すと、なんとかする、とあの人は言った。でも、日本じゃ十歳の子は手術はできない。アメリカやドイツに渡って心臓移植の手術をするとなると、何千万もかかるの……」

「何千万か……」

「そんなお金、あるわけないじゃない」

「募金という話を、聞いたことがある」

「何とかちゃんを救おうっていうアレ？　何年もかかって、一千万も集まればいい方よ。銀行ローンを組むのだって、返済が確実にできる収入がなければ無理だった。シングルマザーの収入じゃ、相手にもされなかったわ」

「それで、今村は？」

「何とかするって、言ってくれたわ。でも、ひと月ほど前に、何とかなりそうだ、という電話があってから、連絡が付かなくなった。その後、あの子の容態が急変して、十日前に死んでしまった」

女は、そこで口を閉ざした。涙を堪えるように、顔を上にあげた。十歳の娘を亡くすのは、どんな気持ちなのだろう。僕にはわからなかった。

「……あの人には、何度も連絡したの。でも、通じなかった。結局、あの子の死に目にもあえず、葬式にも出られなかった。でも、最後に話をした時、何かあったら『マルセイユ』という酒場にいる樫村という人を訪ねろ、と言われたのよ」

女がじっと僕を見つめた。やはり、ゾクッとした。それから、女はショルダーバッグを開いた。僕から視線をそらさず、バッグに右手を入れて探った。やがて、女はカードケースらしきものを取り出した。それを開いて、一枚の写真を出し、テーブルの上に置いた。

見たくはなかった。その写真には、十歳くらいの少女が写っていた。少年のように短く刈った髪がまず目に入った。くりくりとした表情豊かな瞳が、その年頃の少女に特有の愛らしさを与えていた。

病人のような印象はなかったが、少女はスヌーピーの絵が散ったパジャマを着ていた。バストショットなので場所はわからない。笑っていた。素敵な笑顔だった。誰もが抱きしめたくなるような笑顔だった。死と、最も遠い存在だった。

「それで？」

「それでって?」

「僕に、何を望んでいるんだ?」

「今村に、この子の死んだことを知らせたいのよ。もう小さな骨壺になってしまったけれど……」

僕は、女を見た。女は、僕を見返した。その瞳に、妙な媚態があった。今村の消息を、僕が隠していると思っているのだろうか。それを引き出すために、女の魅力を使おうとでもいうのか。奇妙な感覚だった。我が子を十日前に亡くした女だ。だが、悲しみに充ちた表情ではなかった。十年間の看病生活から解放され、改めて女として生きていこうというのだろうか。しかし、それもわからないではない。深い悲しみと同時に、何かから解放された気分も同時にあるのかもしれない。

「さっきも言ったように、今村の消息は何も知らない。悪いが、あんたに教えられることはないんだ」

僕は、そう答えた。

「それで……、何も教えなかったのですか」と、槇原が言った。

僕を責めるニュアンスはなかった。客は、他に誰もいなかった。午前三時を過ぎていた。もうすぐ、夜が明け始める。

「ああ、本当に何も知らないんだからね」

槇原は、グラスを洗う手を止め、天を仰いだ。いや、単に二階の部屋を思って、見上げただけなのかもしれない。槇原に預けた封筒は、おそらく彼の部屋にある。

「それは……、あなたが知りたくないからじゃないのですか」

「そう、知りたくないし、関わりたくない」

槇原がため息をついた。やれやれ、という感じで頭を振る。

「子供はいないのですか？」と、槇原が言った。

「できたことはある。でも、流れてしまった。今となっては、僕の子だったのか……」

「どういうことです？」

「僕の子ができたと言った相手は、子供を作る作業をしていた相手が、僕だけじゃなかったということだよ」

槇原が、僕を見た。眉間にしわを寄せている。そんなことは初めて喋った。じっと、槇原に見つめられるのが苦痛だった。

「つまらん話だ。よくある話だよ」

つまらないことを口にした。

「前に大学時代から付き合っていた女性の話を、懐かしそうにしたことがありましたね」

「憶えていない」

「かなり酔っていました。他に客はいなかったし。私に、ずいぶん楽しそうに話しましたよ。同志のようだった女の子について。あの時代のことなんでしょう。あなたの年なら、大学時代はバリケード封鎖の頃かもしれません。その子に校舎の屋上で告白したって……、そう言っていましたよ」

槇原は何も言わず、僕のグラスにバーボンを注ぎ足した。そんなことを話したのだろうか。だが、槇原がそう言うのだ。僕が話したのは間違いない。そう、愚かにも十九の僕は、その女に永遠の愛を誓ったのだ。それが、十年で崩れてしまうとは、あの時には夢にも思わなかった。

「作り話だよ。言ったとしても。もし、そうだったら僕の人生も違ったものになっていただろうに……ということさ」

槇原は、憐れむような視線で僕を見た。それから、またグラスを磨き始めた。この店のグラスは、いつもピカピカだった。曇りひとつなかった。槇原は、暇があればリネンでキュッキュッと音が出るように磨いていた。曇りひとつないグラス……、そんなものがどうしたというのだ。

「私には……、子供がいたんです」と、しばらくして槇原が言った。

「過去形だね」

「死んでしまったんですよ」

「いつ？」

「五年前のことになります……」

「女の子かい？」

「ええ、男親にとって女の子は神秘です。自分とは、まったく違いますからね。謎です。不思議な生きものでした」

「僕には、わからんな」

「そうだと思います。人生の経験で一番大きな差は、子供を持ったことがあるかないかだと思います。これが、自分の子だと差し出された時、何とも言えない気分になるもんです。自分で産む訳じゃないですからね。でも、自分の子を見た瞬間、それまでの人生が一変します。ろくな生き方をしてこなかったのなら、その瞬間に悔い改めるでしょうね。今村さんが子供ができた瞬間、酒をやめたというのはわかりますよ。そんなもんです。私だって同じでした」

「マスターは、ろくな生き方をしていなかったのかい？」

「人様に言えるような生き方は、していなかったですね。私の子を産んだ相手も、幸せにできなかった。おまけに、ふたりとも死なせてしまった。五年前、子供は小学生でした。その子を産んだ女は、三十八でした。命日が同じですから、法事は一回ですむのですが……」

そう言って、槇原は笑みを見せた。いわゆる自嘲の笑いというやつだ。芝居がかっているが、そんな言い方でもしないと、口には出せないのだろう。五年経って、ようやくそんな言い方で話せるようになったのではないか。そんな気がした。

「わかったよ」と、僕は言った。

「何がわかったんですか？」

「あの封筒を開けよう」

「今村さんの消息がわかるかもしれませんね」

「しかし、ひどい負債を背負い込むかもしれない」

「あの封筒を預かったときから、借金の保証人になったようなものです。それも大金の借金かも……」

「仕方がない。あの封筒を出してくれ」

磨いていたグラスを後ろの棚に並べると、槇原はカウンターを出て、奥のボックス席の横にある階段を上った。僕はまだ、二階にいったことはない。槇原は、誰も二階には入れなかった。以前に一度、カウンターで寝てしまったことがあるが、その時はいつの間にか肩に毛布が掛けられていた。二階から槇原が持ってきた毛布だった。

しばらくして、槇原は例の封筒を持って降りてきた。黙って、僕に差し出した。僕はため息をつき、しばらくその封筒を眺めた。開けるべきではない、と僕の理性は告げていた。だが、僕の中にある別の何かが、開けろ、と命じていた。

五年前に死んだ槇原の妻子、十日前に死んだ今村の娘、写真で見ただけの少女の笑顔が目の前に浮かんだ。蛇蝎のごとくに嫌われていた今村、そして、西村恭子の「今村に、あの子の死んだことを知らせたいのよ」という言葉が、耳の奥で何度もリフレインした。

わかったよ、開ければいいんだろ、開ければ……。

封筒を開き、中のものを取り出した。今村が書いた取材メモがレポート用紙に五枚、四つ切りサイズに引き延ばされた写真が二枚、そして、予想通り8ミリビデオのテープが一本入っていた。8ミリビデオを見なくても、取材レポートを読んで、僕はすぐに後悔した。開いたのが、間違いだった。

2

この封筒を開いたということは、おれの遺志を継ぐことを決意してくれたのだと思う。おれは大したことはしてこなかったが、このネタは相当な爆弾になるはずだ。このネタを、おれは例によって金にしようと思っていた。いろいろ金がいることがあってな……。

しかし、遺志と書いたように、この封筒をあんたが開ける頃には、たぶんおれはこの世にはいない。相手を見くびったせいだ。どこかで沈んでいるか、埋められているか。結局、商売仲間たちが言っていたような結末を迎えたというわけだ。

写真を同封した。一枚の写真に写っているのは、非財閥系の五代通商副社長の郷地浩一郎だ。もう一枚の写真は、農林水産省食糧貿易課課長の神林祐介。このふたりが、今回のネタのキーパーソンだ。神林のバックには、松田という農林水産審議官がついている。農林水産省のナンバー2だ。

さて、郷地浩一郎だが、この男についてはいろいろな噂がある。元々は、関東軍の作戦参謀だった。子供の頃から神童と謳われ、陸軍大学を首席で卒業した戦前からの超エリートだ。終戦時、満州からソ連軍に連行され、シベリアに抑留された。しかし、彼は関東軍参謀だったこともあり、最初は厳しい取り調べを受けたが、後にはかなり優遇されたらしい。

結局、七年にわたってシベリアに抑留されたのだが、その間、郷地はソ連に多くのシンパを作った。後のソ連軍や共産党の高官ばかりだ。シベリアから帰国後、郷地はソ連で洗脳されスパイになったという噂が流れたが、案外、それは本当のことなのかもしれない。

郷地は、時の五代通商の社長に三顧の礼で迎えられて、入社した。入社当時から、彼はまだ国交が回復していなかったソ連との交流を積極的に行った。朝鮮戦争は終わったが、郷地は共産圏の国々の動きが世界に大きな影響を与えると読んでいたのだ。建国したばかりの中華人民共和国、金日成の北朝鮮、スターリンのソ連に郷地は人脈を作ろうとした。

郷地は、着々と成果を上げた。戦前からのエリートの人脈、彼らは日本の政財界の中枢に多く散らばっている。シベリア抑留時代の日本人の人脈、ソ連内の人脈など、郷地は幅広いネットワークを駆使して、兵器から穀物まで様々なものを扱ってきた。

今でもそうだが、共産圏の国との貿易は、かなり制限されている。軍事利用できるものを輸出すると、逮捕されるくらいだからな。だから、郷地が活用したのは、共産圏からの情報だ。共産圏の情報はなかなか出てこない。冷戦時代は、特にそうだった。そんな中、郷地の情報は正確で早かった。それによって、五代通商があげてきた利益は莫大なものになった。

昨年、ゴルバチョフが登場して以来、グラスノスチと言って情報公開を謳っているが、今でもソ連や共産圏の情報は乏しいし、不正確なことが多い。今年、最大の情報制限がされたのは、チェルノブイリ原子力発電所の事故だ。

この事故の詳細は、二ヶ月近く経った今になっても、ほとんど明らかになっていない。ソ連当局は、事故を大したものではないと思わせようとしている。事故の二日後に簡単に発表しただけだ。しかし、これはとんでもない大事故だったのだ。まず、おれが調べた詳細を書いておく。

今年の四月二十六日、午前一時二十三分、日本時間で言うと午前六時二十三分、ソ連のウクライナ共和国、首都キエフ郊外のチェルノブイリ原子力発電所の四号炉で原子炉の熱出力が急上昇し、原子炉が爆発した。原子炉の蓋が吹き飛んだということだ。一〇〇〇トンものコンクリートの塊だ。ものすごい爆発だったに違いない。しかし、ソ連は報道管制を敷き、ほとんど情報を出さなかった。

住民たちは正確な情報がわからないまま、近隣の村には退避命令が出された。一週間後、半径三十キロの地域が立ち入り禁止になった。すべて、対応は遅すぎた。その間に放射能はまき散らされたのだ。修復不能なまでにね。

日本でもチェルノブイリ原発事故の報道は、あやふやだった。ソ連当局が発表していないのだから、

「……した模様です」という言い方になる。ちょうど四月二十九日に天皇在位六十年の式典があったし、五月四日から六日までは東京サミットだったし、五月八日にはチャールズ皇太子とダイアナ妃が来日した。それらの派手なニュースの陰になり、チェルノブイリ事故はきちんと伝えられていない。しかし、今後に大きな影響を出すのは間違いない。

気象庁の人間から聞き出したのだが、チェルノブイリ原発事故の一週間後の五月二日、雨水から高濃度の放射能が検出された。その三日後の五月五日に新聞各紙が「ヨウ素131が日本に飛来」と報道したから、多少は騒がれたがね。日本の上空まで放射能が気流に乗ってやってきたのだとすれば、ソ連全土はもちろん、ヨーロッパも放射能で汚染されているはずだ。

ソ連は、近々、国際原子力機関（IAEA）に事故の報告をすることになっている。しかし、そこでも正確な報告はされないだろう。正確な情報が公開されるのは、何年後になるかわからないが、この事故がとんでもない爆発事故だったことは間違いない。日本人にとっても無関心ではいられないはずなのだ。

さて、問題は今後の影響だ。環境汚染と食物汚染は、単にソ連内だけの問題ではない。ポーランド政府は、四月末に「ミルクを飲むな」という指示を出した。死の灰はポーランド上空まで広がり、汚染された草を食べた乳牛が出したミルクから、高濃度のヨウ素131やセシウム137が検出されたのだ。

セシウム137は、食物を通して人体に影響を与えるのだが、チェルノブイリ原発事故で放出されたセシウム１３７は、広島に落とされた原爆の五百倍になるという話だ。これらの情報が公開されれば、様々なことに影響が出るだろう。そのためソ連は報道管制を敷き、それをよいことに日本政府もほっかぶりをしている。

事故が起こったウクライナは、大穀倉地帯だ。ソ連の穀物輸出の大部分はウクライナの作物でまかなわれている。たとえば、ウクライナからのトウモロコシの輸出量は五〇〇万トン以上で、これはアメリカ、ブラジル、アルゼンチンに次ぐ輸出量だ。

日本のトウモロコシ輸入量は、年間に約一六〇〇万トンある。九割はアメリカからの輸入だが、不作でアメリカ産のトウモロコシでまかなえない場合、他の国からの輸入を検討せざるを得ない。実際、ある農林水産省の幹部は「ウクライナの潜在的な生産能力は大きく、近い将来、日本の調達先として考慮できる」と発言して物議を醸した。まだ、共産圏との貿易に関しては、政府レベルでは抵抗が強い。

さて、問題は小麦なのだ。日本の小麦の年間消費量は、約六〇〇万トン以上になる。即席麺などが増えて、今後、ますます増加するだろう。しかし、その消費量の九割以上は輸入品に頼っている。ところが、国内の小麦農家を保護するために、輸入小麦を一旦政府が買い上げ、小麦農家への補助金分などを上乗せして政府売り渡し価格を決めている。

もちろん、その時々の小麦の国際相場で価格は影響される。そして、天候や国際情勢が相場には影響する。小麦を輸入するのは商社だ。もちろん、その他の穀物も商社が輸入する。商社員たちは、海外で作物の買い付けに走りまわっているわけだ。
ウクライナの小麦は、秋まきのものが収穫直前にチェルノブイリ原発事故に遭遇したことになる。どれくらい汚染されたのかはわからない。しかし、たとえ汚染されていなくても、そんな小麦を誰が口にしたいと思う？

実は、郷地浩一郎については、以前から気になることがあって調べていた。彼のソ連スパイ説についてだ。中華人民共和国やソ連に長く抑留されていた人間は、長い間に思想教育を受け、洗脳されて送り返されたという噂が根強くあった。今や財界の重要人物になっている郷地がソ連のスリーパーだとしたら、これはビッグニュースだし、高く売れると思ったのだ。

もうずいぶん前に亡くなったが、戦前から活躍していた内田吐夢という映画監督がいた。満州に渡り戦争中は満映こと満州映画協会に在籍した。敗戦の日、満映理事長だった甘粕正彦が自殺するのだが、それを看取ったひとりだ。

その後、内田監督は八年間、中国に留まり、毛沢東が中華人民共和国を建国するのを目の当たりにする。戦前から左翼思想の持ち主と見られていたから、中国から帰って日本の映画界に復帰しても、しばらく公安の監視がついた。

おそらく、郷地浩一郎も同じように見られたのだ。帰国した時は、朝鮮戦争の最中だった。レッドパージが行われ、極端に赤が嫌われていた時代だ。しばらくは公安の監視がついたことだろう。しかし、内田吐夢と違って戦前のエリート軍人だし、その後の商社マンとしての動きに不審はなく、今では財界の大物になっている。

折に触れて、郷地の動向をチェックしていた時、ある動きに気付いた。ソ連からの穀物輸入のルートを確立しようとする動きがあるのだ。小麦もトウモロコシもアメリカに頼っている現実があるが、ソ連なら隣国だ。輸入ルートとして近いというメリットがある。ウラジオストックから新潟港まで運べばいい。コストもかからない。その追い風になったのが、昨年三月のゴルバチョフの書記長就任だ。ソ連経済にとって穀物の日本への輸出は願ってもないことだ。双方のメリットが重なって、話は具体化した。そこに絡むのが、農林水産省食糧貿易課課長の神林祐介だ。松田信次農林水産審議官のお墨付きを取り付け、官僚サイドの根まわしをすませた。五代通商は、ウクライナの穀物の買い付けを終わらせた。

そこへ、今回のチェルノブイリ原発事故だ。今はまだほとんど情報は出ていないが、今後、少しずつ明らかになるはずだ。最近は、消費者もうるさくなっている。特に、食の安全への関心は高い。だが、もう買い付けの終わった小麦をどうする？　このままでは、五代通商は莫大な損失を抱え込むことになる。

ひとつの選択肢は、そのまま知らんぷりをして輸入し、政府に買い上げさせることだ。できないことじゃないが、これには検査合格という政府のお墨付きがいる。農林水産省の消費安全局だけの検査なら、これは可能かもしれない。しかし、放射能汚染の可能性があるとしたら、厚生省が出張ってくる。厚生省を抱き込めるかどうかがキーになる。

もうひとつの方法は偽装だ。三角貿易という方法を使う。たとえば、ソ連の穀物をトルコに運び製粉加工してしまえば、トルコ産ということで輸出ができる。ただ、加工品を国内消費せず全量輸出することを、その国の政府が許可しているかどうか、その問題がある。フィリピン政府は、許可している。

もっとも、若干量を国内消費にまわし、加工品のほとんどを輸出すれば、そのことも問題はなくなる。メキシコやブラジルが、よく加工偽装に使われると聞いたことがある。

しかし、政府が買い上げるわけだから、小麦を加工して輸入するわけにはいかない。その小麦が国内の製粉業者に売られるわけだからな。だとしたら、前者の方法を取るしかない。したがって、厚生省を抱き込む必要が出てくる。

穀物輸入によるメリットを受けるのはソ連政府だから、ソ連大使から日本政府へ五代通商を通じての小麦輸入を積極的に支援してほしいという強い要請が入った。そんなことも、ソ連や日本政府がチェルノブイリ原発事故を大げさにしたくない理由なのだ。

ソ連にとっては、小麦を始めとする穀物だけの話じゃない。食肉も乳製品も……、すべての食べ物が対象になる。放射能汚染で騒がれ多くの食物が輸入禁止にされたら、ソ連の経済は壊滅的な状況になる。今だって経済的には危機なんだ。だから改革を提唱しているゴルバチョフが受け入れられている。

西側諸国は、ペレストロイカを最優先するゴルバチョフが登場し、東西融和の緒に就いたところだから、今はソ連を追い込みたくない。先日の東京サミットでは、そんな裏の一致を見たそうだが、いかにもありそうなことだ。

そんなことで、これは見込み取材だったが、郷地を張ることにしたのだ。その結果、郷地と神林、それに厚生省食品安全部基準審査課の人間が会ったことを、郷地がよく使う料亭の仲居から情報を引き出すことができた。高級料亭の仲居は口が堅いのが取り柄だから、少々、汚い手を使ったのは認める。その仲居には、できの悪い十七の息子がいるんだ。

つけ込むようで、あまりいい気持ちではなかったが、今度、郷地の予約が入ったら知らせてほしいと頼んだ。その時、わからないようにビデオカメラを仕掛けてほしいとも……。結果は、同封のビデオテープを見ればわかると思う。

隠し撮りだから、郷地と神林は声だけだし、写っているのは厚生省の課長の姿だけだ。それも顔はわからない。音声の状態も悪い。よく聞き取れないが、それでも何とか話の内容はわかるだろう。

それに、カメラを仕掛けた時から録画スタートをさせているから、最初の一時間以上は何も写っていなかった。郷地と神林が部屋に入り、少し遅れて厚生省の役人がきて話を始め、決定的な話になる前にテープが切れている。もっとも、それまでの話だけでもおれが書いてきたことは裏付けられていると思う。

しかし、ここまで調べたが、決定的な証拠はない。テープもシラを切られたらオシマイだ。それに、このネタを公表する気はなかった。金になればいいのだ。実は、まとまった金が必要になった。それも早急にだ。時間が経てば、意味のない金になる。

それだけの金を相手が出すかどうかは、わからない。もしかしたら、口を封じられるかもしれない。

だが、このテープのコピーを持って郷地に会うつもりだ。もう時間がない。

だから、この封筒の中身は保険にもなっていない。おれが行方不明になっても、これを警察に届けたところで警察は動かないだろう。

だから、どうするかは、あんたに任せる。燃やしてもらってもかまわない。この話の裏を取り、公表してもらいたいが、あんたに火の粉がふりかかるかもしれない。命の危険がある。

もし、おれがいなくなって昔の女房が訪ねていき、おれの娘がまだ生きていて、あんたがこの封筒を元に金を得ることを選択したとしたら、彼女に手術代を貸してやってくれないか。最後の頼みといえば大げさだが、もし娘が生きていて……。

いや、六年前のあんたなら、金に換えようなんて、絶対に思わないな。つまらないことを書いた。あんたの思うとおりにしてくれていいよ。何も強制しないし、頼んでいるわけでもない。イヤなら、すぐに燃やしてくれていいんだ。


「とんだものを背負い込んだな」

僕は、槙原が読み終わるのを待って、自嘲的にそう言った。ため息のような口調になった。話が大きすぎた。途方もない話に思えた。それに、郷地浩一郎と言えば、政財界で知らぬ者のいない名前だ。伝説的人物と言っていい。

「怖いのですか？」と、槇原が僕をうかがうように見た。

「怖いね。変なことに巻き込まれてしまった」

「今村さんは、本当に殺されたのだと思いますか？」

「わからない。この話が本当で、そんな話が進んでいたのだとしたら、公になれば大変な騒ぎになる。食の安全は、国民の間では最大の関心事だからね。『危険な食品』なんて本が、何百万部も売れる世の中だ。政財界を巻き込んだスキャンダルになるだろう。口封じのために、殺されたとしても不思議じゃない」

「しかし、食品偽装なんて、当たり前のことなのでは？」

「少し前のことだけど、輸入時の検疫ではねられて、飼料用として売られた穀物が、食料用として転売されていた事件があった。酒やビールの原料として使われていたんだ。農林水産省は、輸入した商社が『飼料用として販売した』という報告を鵜呑みにしていたと言っている。食品の安全を守るのが建前の官庁にしても、そんなものらしい」

「しかし、放射能汚染だとしたら、あの時の騒ぎくらいではおさまらないでしょうね」

「そう。そんなことを考えると、今村は郷地を強請って、逆に口封じされたと想像することもできる」

「今村さんが強請るとしたら、五代通商の郷地浩一郎しかいないでしょう。名前の知られた人物ですよ」

「あれほどの人間になると、周囲にいろんな人間がいる。彼の意図を忖度する奴もいるだろうし、企業は暴力装置としてある種の業界の人間を使うこともある。郷地も裏社会の人間たちとの付き合いがあると言われている。とりわけ、関西の組の経済ヤクザとは密接だと週刊誌にも書かれたことがある。大企業になればなるほど、トップはいろんなつながりがあるものだ。数年前に商法が改正になって、総会屋への利益供与は罰せられることになったが、それでも関係が切れたわけじゃない。それは企業サイドが、彼らを必要悪と認めているからだよ」

僕は槙原にそんなことを言ったが、その頃すでに銀行や大企業はアンダーグラウンドの組織と組んで、なりふり構わず利益追求に走り始めていた。きっかけは、一年前の先進五カ国の蔵相と中央銀行総裁会議で発表された、ドル高修正のための為替市場協調介入の合意、いわゆる「プラザ合意」だった。

ハリウッドの二流俳優だった男がアメリカ大統領になり、インフレ抑制政策を始めた結果、ドル相場は高水準で推移し、アメリカはドル安を誘導する必要に迫られた。そのため「プラザ合意」を発表したのだが、それは急激な円高を生み出した。「プラザ合意」の直後、昨年の九月末に一ドル二三五円だったドルは、現在、一五〇円になっている。

先日、僕は日本を代表する国際企業であるキヤノンを取材することがあり、キヤノンの社員が全員、胸に「チャレンジ１５０」と書かれたバッヂをしているのに気付き、あれは何か、と付き添っていた（僕が変な質問をしないために、監視していたのかもしれないけれど）広報部員に尋ねたところ、一ドル一五〇円時代に社員全員で立ち向かうキャンペーンを展開している、という返事だった。

輸出がかなりの部分を占めるキヤノンにとって、たった一年前に二三五円だったドルが、一五〇円になってしまったのでは相当な減収になる。それは、大幅な貿易不均衡を是正する目的ではあっても、日本の輸出産業にとっては大きな打撃だった。戦後、日本は輸出大国になることで発展してきたのだ。

しかし、強い円は企業のみならず、日本人の多くを「財テク」に走らせるきっかけになった。今年の三月、三菱銀行は「全国の上場企業の四分の一は『財テク』などの積極的な財務活動によって、高収益をあげている」という報告を出した。また、不動産の評価額が急激に上がりつつあり、銀行は企業の不動産取得資金を積極的に貸し付けている。

「結局、財テクなんてのは、あぶく銭ですよ。円にしろ、ドルにしろ、相場が変動して、為替レートで莫大な利益が出たりする。株にしろ、商品取引にしろ、安い時に買って高くなって売れば、利ざやで稼げます。しかし、その実態は何もない。情報や先行き不安といった目に見えない要素で乱高下します。商品取引も同じです。天候不順や政治状況に左右され、品物の供給が過剰になるか品薄になるかで、価格が上下する。実際の品物があるかないかなんてことより、その利ざやだけが注目されてしまう。虚業です。マネーゲームに過ぎません」

「饒舌だね。槇原さん」

僕がそんな風に言ったのは、槇原の口調にいつになく熱が籠もっていたからだった。皮肉るつもりではなかった。しかし、槇原は我に返ったような目で僕を見た。それから少し頭を振り、苦笑いを浮かべ、僕に向かって肩をすくめた。

「ちょっと……、昔のことを思い出したものですから」と、槇原は再び物静かな口調になった。

僕は、初めて槇原の個人的な何かがうかがえるかと思ったが、やはりいつもの槇原に戻った。年下の僕がため口をきくのに、槇原はいつも丁寧な言葉遣いで応じる。

店に通い始め常連と認められた頃、丁寧な口調は距離を感じることもある、と槇原に言ったことがあるけれど、お客とマスターの関係ですからね、と槇原は答えた。それは、個人的な付き合いではないことを、僕に教え込むような印象だった。あるいは、僕が近付くことを警戒したのかもしれない。

だから、その夜、槇原が初めて妻子のことを口にした時、槇原の強い気持ちが僕に伝わったのだ。槇原は、今村の妻の話に感傷的なシンパシーを感じたに違いなかった。槇原は、センチメンタリストなのだ。

センチメンタリストとは、厳しい現実によって挫折した理想主義者のなれの果て、と誰かが言っていた。槇原も、そうかもしれない。妻子を亡くした槇原は、娘を亡くした今村の元妻の思いに己の感傷を重ねている。だから、先ほどの槇原の様子では、何か個人的な感情の発露が起こりそうだった。それを見てみたかった気もする。

「ところで、その8ミリビデオのテープを見てみましょうか」と、槇原が唐突に言った。

「8ミリビデオが再生できるの？」

「カメラを持っているんです。今年の初めに買ったばかりですが、それで再生できます」

「なぜ、また……」

「私の早朝の楽しみが、バード・ウォッチングなんです。店を片づけてから、時々、散歩がてら見にいきます。珍しい鳥がいると、撮影したくなっちゃうんですよ。ここらへんじゃあ、まだいろんな鳥が見られます。十二社池は大昔になくなりましたが、熊野神社もあったし、その頃からの生態系が残っているのかもしれません。浄水場の跡地があった頃には、まだまだ自然が残っていたし……。しかし、高層ビルが建ち始めて、あと四年もすれば都庁が移転してきて、副都心になるらしいから、どうなるかわかりませんね」

「でも、二階でないと、見られないよね」

「いや、カメラは小型だし、テレビモニターも小型のものですから、二階から持ってきますよ」

そう言うと、槇原はカウンターから出て二階に上がっていった。しばらくしてコードを接続した8ミリカメラを抱えて降りてきて、奥のボックス席のテーブルにそれを置くと、再び二階に上がった。ゴトゴトと、二階で何かを動かしている音がした。

やがて、十四インチタイプの小型テレビを片手に提げて降りてきた。小型と言ってもブラウン管だから、かなりの重量があるはずだ。槇原は、それを苦にしていないようだった。

「すぐに見られます」と、槇原が映像と音声のコードをテレビに接続しながら言った。

僕は、カウンターに突いていた肘をあげ、スツールから下りた。いつもなら、そのままフラフラと店を出ていくのだが、その日は奥のテーブルに向かった。酒は、もう抜けていた。窓の外に夜明けの気配が広がり始めた。青い光が差し込んでくる。僕が奥のボックス席の椅子に腰を下ろすと、槇原が何も言わず、再生スイッチを入れた。


どこか高いところの何かの陰に、カメラは設置されているのだろう。額の後ろにでも隠したのだろうか。ビデオカメラは音がしないので隠し撮りには便利だが、暗いところでは画像がかなり荒れる。このテープはオリジナルらしく、最初の一時間以上は暗い部屋が荒れた画像で写っているだけだった。

それも左上半分に何かが邪魔になっていて、画像はファインダーの対角線の右下半分しか写っていない。槇原がテープを早回しにした。一時間少し過ぎたところで、部屋が明るくなった。槇原が早回しを止め、少しテープを巻き戻した。再び再生画面になる。

ふすまが開く音がして、仲居らしき女の声が客を案内している様子だった。客はひとりらしい。郷地様、先にビールでもお持ちしますか、と訊く女の声が聞こえた。いや、揃ってからでいい、と言ったらしい男の声がした。郷地浩一郎の記者会見のニュースは見たことがある。しかし、その声が郷地本人かどうかは、判別できない。

数分して、別の男が仲居に案内されて座敷にやってきた。すべて映像はない。声のやりとりだけで、判断した。ただし、それも予測の付く内容だから、おそらくそう言っているのだろうと推測しただけだ。男は、たぶん農林水産省の神林である。カメラに近い位置に座ったのか、その男の声が少し明瞭になった。

「遅くなって、申し訳ないですな」と、神林らしき男が言った。こちらは、やや甲高い声だ。

「いや、私も先ほど……」と、郷地らしき男の声が答えた。落ち着いた低い声である。先ほどより、少し聞き取れるようになったのは、後からきた男に近付いて話しているからだろう。

「厚生省の人物は、どうですか」

「別のルートで、すでにプレッシャーをかけています。今夜のひと押しで、おそらく……」

「しかし、話が通っていなくて、あくまで放射能汚染の検査実施を主張されたら面倒ですな」

「それについては、二段階を想定しています」

「二段階？」

「厚生省による放射能汚染検査をしない。それが第一段階の要望です。そうすれば、通関の検疫だけですむ。そこは農林水産省の管轄だけで、対応していただく。よろしいですね」

「ええ、それはもう。ソ連大使館からも、今回の問題については強い要請がきているらしいですね」

「ソ連大使館の通商担当は、イワノヴィッチ・コマロフスキーです。彼との間で、話は通っています」

「ソ連大使館の通商担当？　大使館に派遣されている人物はＫＧＢ関係者が多いとか聞きましたが……」

「ＫＧＢに無関係な大使館員を捜す方が大変でしょうね」

その時、ふすまの開く音がして、お連れ様が……という仲居の声がした。二人の男が立ち上がり、男を迎えた様子だった。いくつかのやりとりがあり、新参の男が腰を下ろした。その男だけが画面に現れる。斜め俯瞰で撮影する形になるのだが、肩から上の部分が切れている。

男はあぐらをかいて座っている。映像に映る範囲での印象だが、態度がどことなくふてぶてしかった。話を予想して、構えているのかもしれない。今村のレポートによれば、厚生省の官僚である。それも、かなり力のある地位の男なのだろう。

仲居が酒と料理を運んできて、それからしばらくは酒を酌み交わし雑談が続いた。その中でわかったのは、厚生省の官僚は東大法学部卒業のキャリア官僚で、農林水産省の神林は一橋大学卒業のキャリア官僚だということだ。甲種国家公務員の年次では、神林が三期先輩になるらしい。しかし、それがわかっても厚生省の男は、あいかわらずふてぶてしい雰囲気を隠さなかった。

「ところで……」と、郷地と思える男が雑談もとぎれがちになったところで、口火を切った。

「昨年のプラザ合意以来、急速に円高が進み日本経済の構造自体を変えようとしています。トヨタや日産、ソニー、キヤノンといった日本を代表する企業は、急速な円高で生産体制そのものを見直さなければならない。これからは、現地生産が促進されるでしょう。国内で製造して輸出していたのでは、利益は出ない。ひどいものです。二百数十円だった円が、今や百五十円だ。これじゃあ、輸出中心の企業はやっていけません。いくら貿易不均衡だといっても、こう急速に円高になったのでは、手の打ちようがない企業だってあります。アメリカとの経済戦争だと言っている経済人もいますな」

「ちょっと待ってください。それは、通産省か外務省の連中に言ってください。私に言われても……」

「いやいや、今のは一般論です。今でも、貿易不均衡だと言っているアメリカに頼り切っている輸入品があります。穀物類です。小麦、トウモロコシ、大豆……、アメリカからの輸入がほとんどです。戦後、日本の小学校の給食をパンと脱脂粉乳にしたのはＧＨＱ、アメリカです。彼らは将来の小麦のマーケットとして日本を想定していたし、脱脂粉乳に至っては彼らの乳製品作りの過程で余ったものを日本の子供たちに押しつけた。一種の陰謀ですな。民族の味覚の歴史、食物の歴史を強引に変え、今は貿易赤字を理由に理不尽な円高を押しつけてきている」

「今日は、ご高説を伺いにきたことになるのですか」

厚生省の男が皮肉な口調で言った。

「いやいや、郷地さんは日本の財界を代表して、現状の問題点を指摘なさっているのですよ。本題はこれからです」と、神林が言った。彼なりのフォローなのだろう。

「これからは、ソ連です。ソ連は変わります。ゴルバチョフが登場して、一年以上になります。その間、ドラスティックに変化しています。共産圏という認識は、もう古い。ソ連は経済政策を大転換する。日本にとって、ソ連は隣国だ。アメリカより、ずっと近い国です。ソ連との貿易を増やし、あの国を支援することで、日本は共に発展できるはずです。今、円は強い。強い円を、あの国はほしがっています。アメリカの穀物より、世界相場より、ずっと安く手に入ります。バックアップすべきです。今後の国益を考えれば……」

郷地の論法は、個人的な利益ではなく、国際情勢を踏まえて……といった言い方だった。これからの日本の世界情勢におけるポジションにも、大いに関係することだという説得法だった。案外、本気でそう思っているのかもしれない。

「それで、ソ連からの穀物輸入に対して、厚生省として黙って見過ごせということですか。チェルノブイリの事故の後で……」

「そんなことは、言ってません。厚生省としては、出張ってくる必要のない話ではないかと申し上げている」

「食の安全を守るのは、農水省の管轄で充分です」と、神林らしき男の声が割って入る。

「農水省は消費者ではなく、生産者寄りの政策を採り続けてきた。時には、食品偽装を知りながら生産者サイドに立ってきた、としか思えないこともある」と、厚生省の男が言う。

皮肉というより、悪意が感じられる言い方だった。

「それは、お互い様じゃないですか。厚生省だって、薬害問題では製薬会社サイドに立っているとか、いろいろ噂もありますよ」

神林がむっとした声で答えた。まるで省庁間の非難合戦だ。

「こんなところで、省庁の対立をしていても仕方がないでしょう。今回、政治的な判断をお願いしたいと、別の筋からもお願いがいっているはずです。国益を考え、政治的判断をしていただけませんか。厚生省としては、ソ連からの輸入穀物の放射能汚染の検査はしないということで……」と、郷地が取りなすように口を挟み、話を元に戻そうとする。

「しかし、食品衛生法がありますよ。これは厚生省の管轄だ。国民に安全な食品を、というのが厚生省の基本的な役割です」

「それを、国益優先でお願いしている」

「そうは言ってもねえ……、世論が高まったら対応せざるを得なくなりますよ。世論次第です。今はまだ、チェルノブイリ事故の詳細は出ていない。しかし、いずれ国民も気付き始めます。消費者団体あたりが騒げば、世論に火がつくかもしれない」

「世論は作るもの、誘導するものです。厚生省が安全宣言を出せば、国民は納得します。今年、イギリスで発生しヨーロッパで広範囲に広がった狂牛病だって、農林省と厚生省が『日本の牛肉は絶対安全だ』と宣言したら、今はもう日本では誰も関心を持っていないじゃないですか」

「日本の環境では、狂牛病は発生しない。それは間違いない」と、厚生省の男が強弁した。

「それも、世論の操作ですよ。だから……」

プツンという感じで、映像が途切れた。ノイズバーが何本か、上下に流れる。テープが終わってしまったのだ。


「ひどいもんですな」と、しばらくして槇原が言った。「国民の食の安全なんか、何も考えていませんな」

「そんなモンだろうと思っていたけど、やっぱりそんなモンだったんだ。国益と言いながら、企業に莫大な利益が転がり込む。商社にとっちゃ、この円高は大歓迎ではないのかな。外国からいろんなものを買い付けてくると、大もうけだ」

「しかし、官僚たちも自分の省庁のことしか考えていませんね。いや、そこにおける自分の地位の安全しか考えていないのかもしれません」

「しかし、郷地の口ぶりだと、背後に大物の政治家がいるのかもしれない。そのルートから厚生省の担当者には、話がいっているようなニュアンスだった。ソ連との今後を考えて、政治的判断をしたということも言っていた。もっとも、その結果、五代通商と自分の懐が潤うのは気にしないのだろうが」

「どちらにしろ、国民のことは考えていませんね。誰のための国益なのか、わかりません。どうしますか？」

槇原は、最後の言葉を僕に向けて言った。どうしますか、と言われても僕としてはどうしようもない。非現実的な映像だった。そこで語られていることが、自分の世界とは全く別の次元のこととしか受け取れない。

「樫村さんに家族がいて、その人たちが放射能に汚染されたかもしれない食物を口にすることを想像してみてください。ここはソ連じゃないのです。そんな危険を知らせることは、できないことじゃありません。まして、樫村さんはジャーナリストじゃないですか。少なくとも、人々への警告を媒体に発表することはできます。ソ連では、チェルノブイリやベラルーシの子供たちが、放射能に汚染された食べ物を食べているかもしれません。何も知らされず、それを食べるしかないのかも……。しかし、放射能は怖いものです。体内に蓄積され、いつか異常が現れます。子供たちは、それで苦しむでしょう。そんな子供たちを見る親の気持ちを想像すると、いたたまれなくなりませんか」

僕は、じっと槇原を見つめた。とうとう槇原の本音を見た思いだった。私的なこだわり……、それは槇原にとっては、次世代を担う子供たちなのだ。いや、死んでしまった自分の子を思っているのかもしれない。

自分の子を持つかどうかで、世界がまったく変わって見える、と槇原は言った。そうかもしれない。自分の子供を持てば、未来のことが気にかかる。自分がいなくなっても、子供は幸せに生きていけるのか、と心配になるのだろう。

「調べてみるよ」と、僕は言った。

槇原が、照れたように笑った。それから、もう何も映っていないブラウン管を指さすようにして言った。

「ところで気が付きましたか？　長く話しているのは、ほとんど郷地浩一郎でしたが、彼は慎重なのか、一度も厚生省の男の名前は口にしていません。用心深い男なんでしょうね」

「それほど慎重な男が、盗み撮りに気付かなかったのは、今村に脅された仲居さんにとっちゃ運がよかったのかもしれない」

あの汚い今村が、可哀想な仲居を一度だけで解放したのかどうか、それが心配になった。一度、隠し撮りを引き受けたら、次からはそれを脅しのネタにして何度もやらせるだろう。そうして、完全に自分の情報源にする。今村は、そういう男だった。

3

八月十四日にソ連が国際原子力機関（ＩＡＥＡ）の専門家会議に事故報告書を提出した。それは新聞の記事に出たので、よく覚えている。しかし、多くの専門家が、その報告書に記載された被害データには疑問を感じている、とコメントしていた。

ところが、西側諸国の首脳たちは、ゴルバチョフをあまり追い込みたくないようだった。「彼らの疑問は、単なる推測に過ぎない」と、イギリス首相のサッチャーは談話を発表した。

僕には、真相はわからなかった。今村が書いていたような詳細は、新聞やテレビでは報道されていない。一部のフリージャーナリストが書いているだけだった。彼らは、以前から原発に関心を持ち、どちらかと言えば原発反対の立場でレポートを雑誌などに書いていた連中だ。ある意味では、彼らの記事も故意に大げさに書いていると、色眼鏡で見られていた。

しかし、チェルノブイリ原発の事故から四ヶ月が過ぎた。今では、チェルノブイリについてのニュースは、まったく出てこない。事故が報道された当時は、日本でも水や野菜の安全性について気象庁などに問い合わせが相次いだらしいが、それも一時的なことだったらしい。

放射能汚染に対して無知なのか、日本人の性格がそうなのか、僕にはわからない。どちらにしろ、向こう何十年にもわたって放射能汚染の影響が出るとは、誰も想像してはいないだろう。

四月以来の新聞記事を調べていて気付いたのは、ソ連関連の動きが活発なことだった。それも、かなりソ連に好意的な動きが続いている。

四月十五日には、モスクワで日ソ経済委員会第十回合同会議が開催されている。そこで、ソ連は日本の民間企業との合弁事業を検討すると発言した。共産圏とはいえ、人口の多いソ連は日本企業にとっては、未開の広大なマーケットだ。

五月二十四日には、日ソ漁業交渉が開催されていた。この時、日本の北西太平洋でのサケ・マス漁獲割当量は二万四五〇〇トンで妥結した。これは、何と前年比では三五パーセントの減少である。そこまで、妥協する必要があったのか、と怒る漁業関係者のコメントを掲載した新聞もあった。

五月三十一日には、外務大臣がモスクワで日ソ文化協定に調印した。相互主義の原則に基づき文化・教育・学術の交流を図るという共同声明が発表されたが、明らかに日本側の一方的な協力が予測される、アンバランスな協定だった。

チェルノブイリ原発事故の影響は日本にも及んでいる。しかし、そのことには一切触れずにソ連のご機嫌を伺っている。改めて四月以降のニュースを調べると、そんな印象が残った。ソ連を追い込んで、ゴルバチョフの改革に反対する勢力を勢いづかせたくない。そんな意向が、日本政府の対応にも読み取れる気がした。

四月十三日には、「ロン、ヤスと呼び合う仲だ」と蜜月ぶりをアピールしていた中曽根首相が、キャンプ・デービッドでレーガン大統領と会談した。会談後、中曽根首相が「日本経済を輸入志向型へ転換する」と発表したように、貿易摩擦問題を中心にした発表だったが、ソ連への対応は重要な話題だったはずだ。

世界は、レーガン、サッチャーという超保守派政治家の意向と、彼らが仮想敵国と想定していたソ連に登場してきた、改革派書記長ゴルバチョフの動向で激しく動いていた。今村のレポートは真実なのか。少なくとも、世界状況の認識は間違っていない。後は、五代通商の動きのウラをとることが必要だった。

羽村洋介は、経済専門紙の記者である。その新聞は日刊で発行し、より専門的な経済情報を得たい読者を相手にしているから、一般の新聞よりは高い購読料を取っている。一部では業界紙と見られているところもあるが、上場企業の経営者たちも一目置いている存在だ。そういうことで、羽村は日本を代表する大企業の経営者たちとも面識があった。

といっても、羽村は僕より二歳上の、まだ三十を半ば過ぎた男である。大学を何年も留年し、卒業するときには僕と同級だった。僕は企業情報や経済関係の情報が欲しい時には、いつも羽村に連絡をした。お手軽と言えばお手軽だが、それによってまとまった情報が得られた。ひとつひとつ当たっていたのでは、効率が悪い。

僕は多くのノンフィクション作家が書く記事のように、調査する過程を描いて本質に迫っていくという手法はとらない。効率よく情報が入手できればいいのだ。記事には結果しか書かないし、それくらいのスペースしか与えられないライターなのである。

「しばらくだったな」と、新聞社の近くのコーヒーショップに現れた羽村が手を挙げて言った。

羽村は、わざと崩した格好をしている。上場企業の幹部に取材することも多く、経済紙の記者はスーツにネクタイ姿が基本なのだが、羽村はポロシャツにスポーツジャケット、それもたいていはジャケットを手に提げている。そのポケットには競馬新聞をこれ見よがしに差し込んでいた。当時は、そんなルサンチマンや屈折感を顕わにする人間が多かった。

「おれのところにくるのは、仕事がらみの時ばかりだな。たまには呑んで昔を懐かしがろうぜ」

と、脂気のない髪を掻き上げながら、羽村は僕の対面の椅子に腰を下ろした。

本気で言っているのかどうかは、わからなかった。

「昔を懐かしがると、喧嘩になるかもしれない。あの時代には、もう戻りたくないからな」

「響子と別れたからか？」

「そうじゃない。あの騒がしい時代がイヤなんだ。大学へいくのに命がけなんて、どう考えても変だったよ」

「おまえは、おれと違ってノンポリだっただろう」

「それでも、校舎の中庭でヘルメットの連中に囲まれたことはあるよ。誰かと間違われたのかもしれないが……」

「あの頃は、誤爆も多かったからな」

誤爆とは、誰か別の活動家と間違われ、対立するセクトにゲバをかけられることだった。ゲバをかける道具は角材から鉄パイプに変化し、やがてバールが登場した。輝かしき血にまみれた七十年代を、華麗に彩る武器の変遷史である。誤爆された学生は、血と脳漿を散らして即死するか、病院に運ばれても廃人になった。何があれほどの憎しみを生み出したのだろう。

「まあ、あの頃の話はいいよ。もう十年以上、昔のことだ。忘れちまおう。ところで、今日は何を知りたい？」

「五代通商と郷地浩一郎、その最近の動き。特にソ連との関係が知りたい」

羽村の目が一瞬、鋭い光を放った。いつも斜に構えたような、どこを見ているのかわからない茫洋とした視線だったが、その時だけはまっすぐに僕の瞳を捉え、その奥にある何かを探ろうとした。郷地という名前は、それほど気にかかるものなのだろうか。

「なぜだ？　なぜ、それを知りたい」

「知り合いのフリーライターが行方不明になった。彼は郷地浩一郎とソ連の関係を追っていた。ウクライナからの穀物の輸入に関係したことらしい」

僕は、今村が残したレポートの内容を、かなりシンプルにして羽村に話した。羽村は、納得したようには見えなかった。

「ソ連は、今、激動期にある。経済が破綻しかかっている。おまえもこの稼業なら、少しはわかっているだろう」

「ああ、共産圏で元気なのは中国だけだ」

「それと、商社も冬の時代と言われていたが、今は激動の時代になりつつある。輸出に頼って高度成長してきた日本、それに伴って成長してきた商社がある。しかし、去年のプラザ合意が日本の経済も商社の体質も転換させたんだよ。この円高だ。国内で製品を作って輸出しても、利益は出ない。メーカーは海外生産態勢にシフトしている。商社も輸出や輸入に携わって稼ぐ時代から、海外生産を進める企業と合弁会社を作る方向に変わってきた。海外での事業投資が活発になっている。それが、現在だ。五代通商も同じ流れに乗っている」

羽村は、わかったか、と言うように言葉を区切り、僕を見た。僕は、ものわかりのいい生徒のように、素直にうなずいた。

「さて、郷地浩一郎だ。どこまで知ってる？」

「戦前の軍閥エリート。戦後、シベリア抑留。朝鮮戦争の時期に帰国し、五代通商に入社。その多彩な人脈を生かして、五代通商を財閥系商社に対抗できる企業に育てた。今では五指に入る巨大商社だ。その副社長として、今も暗躍している」

羽村が歯を見せた。本人は、笑っているつもりらしい。

「よくできました、というところだが、通り一遍の答えだな。誰でも知っていることだ。郷地は策士だ。しかし、策士の匂いがしない。誰にも苦衷を見せず、ひとりで耐えている風情がある。シベリア抑留が長かったせいだとか、戦前に彼が立てた作戦で多くの兵士を死なせた、贖罪の意識が彼をそうさせているとか言われている。しかしな、誰にもわからない。本音は絶対に見せない人なんだ」

「面識があるのか？」

「ある。それに、おれもどこか心酔しているところがある」

「おまえが？　あれだけ権力と権力者を嫌悪していたおまえが？」

「おかしいだろう。おれも、そう思う。しかしな、あの人と話をしていると、いつの間にか取り込まれている。ある意味で『ひとたらし』なんだと思う」

「司馬遼太郎が秀吉のことを、そう評していたな」

「そうだ。しかし、秀吉が天下を取ったように、郷地浩一郎も天下を取るために、冷徹な判断を下す経営者であることは間違いない。だが、今のおれには、そんな経営者が魅力的に見える。今の五代通商の社長は傀儡さ。すべて郷地浩一郎が動かしている。その郷地は、ソ連との深い関係を生かして共産圏に情報網を持っているが、同時にアメリカやヨーロッパの政治家、経済人、経営者たちとの太いパイプを持っているのだ。彼はソ連で洗脳されたスパイじゃないかと疑われたのだが、それはないだろう。あの人を洗脳するのは無理だ。戦略家だから、何かを信じることがない。プラグマティストだよ。目的を設定し、戦略を立て、冷徹に計画を実行する。ただし、冷たいなりに人間的にはどこか魅力がある」

「何だか、凄い人間のようだな。おまえの話を聞くと……」

「凄いというか……、不思議な引力を持っているのは確かだ。カリスマ性とは違う。この人に任せておけば大丈夫、という安心感があるのかもしれない。だから彼の命令を誰もが聞くのさ」

「その郷地は、自分の計画のために人を殺せと命じる人間か？」

その時、羽村の目が再び光を放った。

「彼は、元々、人を殺せと兵士たちに命じていた人間だぜ。敵軍と自軍の損傷率を、冷静にシミュレーションしていた人間だ。計画遂行のために必要なら、おそらくどんな手段でも使うだろうね。その行方不明のフリーライターって、殺されたと思うのか？」

「その可能性はある」

「郷地浩一郎には、様々な噂がある。どれも真偽は不明だが、彼ならありそうな話ばかりだ。伝説に包まれた人物さ。何があったとしても驚かないよ」

「郷地は、今、ソ連とはどういう関係なんだ？」

「四月に、モスクワで日ソ経済委員会が開催された。そこで、ソ連は日本の民間企業との合弁事業を検討すると発言した。ということは、すでに話が整っているということだ。その直後に、合弁事業としてサハリンの原油・天然ガス開発プロジェクトの権益を、五代通商のライバルである函南商会が獲得したことが発表された。将来的には莫大な利益を上げるプロジェクトだ。郷地浩一郎は、あれほど強い関係を誇っていたソ連の権益獲得競争で敗北を喫したわけだ。今、彼が狙っているのは、それ以上に莫大な利益が望める、カスピ海の西、アゼルバイジャンでの海底油田開発事業だ。今度は、負けるわけにはいかないだろう」

「ウクライナの小麦を輸入する、という話は聞いていないか？」

「聞いている。それも、アゼルバイジャンでの海底油田開発事業を獲得するための交換条件だと推測している。ソ連としては、日本への穀物輸出を促進することで大きなメリットが生まれる。それを五代通商に引き受けさせ、それがうまくいったらアゼルバイジャンでの海底油田開発事業の合弁事業を検討する、とでも言ってるんじゃないか。もしかしたら、ゴルバチョフを支持する新勢力の台頭で、郷地は昔の人脈が使えないのかもしれない。おそらく必死の反撃をしているところだろう。郷地は穀物輸入に関して、政府筋への根まわしや交渉、農林水産省の官僚たちの取り込みなど、相当、精力的に動いていると聞いた。しばらく前のことだがな……」

「しばらく前って？」

「サハリンの件が発表される前あたりから、チェルノブイリの原発事故の後にかけて、郷地が忙しく動いていると聞いたんだ。ソ連大使館の通商担当官とも頻繁に会っていたらしい」

「通商担当官？」

「イワノヴィッチ・コマロフスキーという男だ。四十代半ば。典型的なロシア人の顔をしている。ご多分に漏れず、ＫＧＢのエージェントだという噂だ」

「チェルノブイリの事故については何か聞いてないか？」

「ソ連政府は、ほとんど情報を出していないが、かなり広範囲に放射能が広がったという噂はある。先日のＩＡＥＡへの報告も、被害を過小に見積もっているとの話だ」

「それくらいか？」

「おれは経済記者だぜ。それ以上は情報はないし、入ってはこない。もう日本にゃ影響はないだろ。四ヶ月も前のことだ」

「そうだといいんだけどな……」

その時、僕はそう言ったが、それが希望的な言葉だと知るのはずっと後のことだった。


槇原は、またキュッキュッと音がするようにグラスを磨いていた。カウンターには、僕の他に篠崎という客がいた。商社に勤めていると聞いたが、詳しいことは何も知らなかった。「マルセイユ」では、二週に一度ほど見かける。いつも金曜日の夜だった。おそらくまじめな勤め人なのだろう。休日の前になると、息抜きにやってくるのかもしれない。

「篠崎さん、商社にお勤めと聞きましたが……」

槇原が僕の方を見た。客同士の会話はあまりない店である。槇原は僕の意図を見抜いたのだろう。そのまま、何も言わずにグラス磨きに戻った。

「ええ」と、少し戸惑ったように篠崎が答えた。

年の頃は四十半ば、身なりから推測するに、すでに管理職となって、第一線からは引いているのかもしれない。髪には少し白いものが目立っているし、顎や腰まわりに肉が付き始めている。若い頃は、世界を飛びまわっていたのかもしれないが、今はデスクに向かうことが多くなっているようだ。

「どちらの商社ですか？」

「四菱商事です」

「財閥系ですね。最大手だ」

「いや、前期は売上総利益で二位に落ちました」

「売上高は大事なものですか?」

「もちろん、大事です。しかし、商社の場合は連結決算の純利益を見ることが大切です」

「決算結果は株価にも大きく響くのでしょうね」

「そうです。経営陣にとっては、増収増益が最大の命題です」

「そう言えば、五代通商の前期決算も悪かったと聞きましたが……」

「そうですね。非財閥系では唯一、五指に入っている商社ですが、前期は売上総利益が四位から五位に落ちました。売上総利益で八百億円、純利益で三百億円の減益です。郷地さんが陣頭指揮を執っていた、エネルギー部門での失敗が大きかったと聞きます」

「郷地浩一郎ですか?」

「そうです。昨年、サウジアラビアが産油国の原油値引き販売方法のひとつである、ネットバック方式による原油販売価格制を採用しました。狙いはシェアの拡大です。その結果、産油国間に値下げ合戦が起こった。石油は大幅に値を下げています。そこへもってきてプラザ合意による急激な円高です。本来なら石油の輸入で大幅な利益増のはずが、原油の値下げと国内の円高不況で石油の需要が激減しました。昨年秋以降、今年の三月決算までの半期で、それだけの大幅な減収になったようですね」

　さすがに商社マンである。すらすらと世界や業界の情勢と数字が出てくる。僕は感心して、篠崎の顔を見つめた。

「篠崎さん、さすがですね」

「いやあ、商社勤めならこれくらいは……。第一線の営業マンならもっとウラの事情もわかるんでしょうが」

「篠崎さんは、どんな部門にいるのですか？」

「私は、ずっと鉄鋼畑を歩いてきました」

「商社の王道ですね」

「そうですが、これからは石油、天然ガス、それに原子力まで扱うエネルギー部門、コンピュータを中心にした情報エレクトロニクス部門あたりが面白くなるでしょうね」

「ところで、郷地浩一郎とソ連の関係について、何かご存知ありませんか？」

「ああ、あの人とソ連の噂ですね。確かにソ連に太い人脈はあるようですが……、それだけじゃないですね。あらゆるところにコネクションがある人ですよ」

「というと……」

「あの人は、五代通商のすべての部門を統括しています。鉄鋼、非鉄部門、食糧、エネルギー、それぞれに精通しているし、そのことによって横断的な交渉ができるんです。食料の輸入とエネルギー支援のバーターとかね」

「実際に、そんな話があるんですか？」

「いえいえ、たとえ話です」

しかし、篠崎の話と羽村から聞いたことは、重なる部分がいくつかあった。

「他に、五代通商や郷地浩一郎について、最近、何か聞いたことはありませんか？」

篠崎は、僕の顔をじっと見た。

「樫村さん、何か調べてるんですか？　商社の裏事情とか、そんなこと？」

槇原が、グラスを磨く手を休めて、僕に顔を向けた。そんなにすぐにばれてしまって、それでも取材のプロか、と責められている気がした。いや、単に心配しているだけかもしれないが……。

「確かに、商社のことを少し調べていましてね。篠崎さんが商社マンだと聞いていたので……。少ししつこかったですね」

「いやいや、それはいいんです。もし、五代通商を調べているのなら、最近、ちょっと気になることを耳にしたものですから」

「何ですか？」

「最近、ソ連から帰国した五代通商の営業マンが入院したのですが、それに対して箝口令が出されたとか。もっとも、私が知ってるのだから箝口令は役に立たなかったわけですが」

篠崎はそう言うと、フフッと笑った。対岸の火事、そんな風に思っているような笑いだった。

「どんな病気か、聞いていますか？」

「それがね……、白血病の症状が出ているらしいんです」

篠崎の言葉に、槇原が振り向いた。


「確か、白血病は放射能障害のひとつですね」

槇原が棚のストレートグラスを取り、自分の前に置いて言った。槇原はマッカランの十八年ものを取り、グラスになみなみと注いだ。ほとんど酒を口にしない槇原だったが、私とふたりきりになると、時々、そんな風にウィスキーを飲んだ。チェイサーなしのストレートだった。

篠崎は、十分ほど前に帰った。すでに午前三時近くになっている。もう入ってくる客はいないようだった。槇原は、外のネオンのスイッチを切った。


「そう言われている」と、僕は渋々認めた。

何もかもが、今村のレポートを裏付ける方向にいっている。何となく気に入らなかった。五代通商のソ連担当者は、チェルノブイリ原発付近に立ち入ったというのか。彼の目的は？　誰の指示？　そこで何を見た？

「槇原さん、その五代通商の営業マンはソ連でチェルノブイリ原発の近くにいって被曝したのかな？」

「そう考えるのが自然でしょうね。穀物の買い付けか、あるいは原発事故による放射能の影響を調べていたのか、その中で強い放射能を浴びることになったんでしょう」

「しかし、チェルノブイリ近辺は、もう立ち入り禁止区域になっているんじゃないのかな」

「ソ連政府が半径三十キロ以内を立ち入り禁止にしたのは、事故から一週間も後のことらしいですよ。今村さんの取材レポートに書いてました。そんな国のことだから、誰かが禁止区域に入っても気にしないのでしょう」

「しかし、その商社マンは何をしていたのだろう？」

「調査。放射能汚染の……、ではないですか」

「素人が見たって仕方がないし、計測機器なんかも持っているとは思えない」

「そうですね。病院を調べて本人に確認しますか？」

「篠崎さんも言ってたよ。単なる噂だって。五代通商に聞いたって教えるわけはないし、東京中の病院に電話して『そちらに五代通商の社員で、白血病で入院している人はいませんか？』と聞くのは、あまり気が乗らないな」

「そんなことをするんですか？」

「するわけないでしょ。それに教えてくれるわけがない」

「どうしますか」

槇原が手にしたショットグラスには、まだウィスキーが半分は入っていた。槇原は、本当に上等なウィスキーをなめるようにして飲んだ。それが、シングルモルトを味わう正しい飲み方なのかもしれない。僕の飲み方とは、違うだけだ。

「明日、放射能汚染に詳しい大学の先生に会えることになっている。アポを取っておいた」

「そうなんですか」

「一応、やることはやってるんだよ」

「そうですね」

僕はスツールから降りて、腰を伸ばした。今夜も長く座りすぎた。それは自覚している。だが、わかっているからといって、それがやめられるというものではない。

僕が子供の頃、人気絶頂のコミックバンドがいて、数々のヒット曲を出していた。最大のヒット曲の中で彼らは「わかっちゃいるけど、やめられない」と絶叫していた。僕も小学生の頃に、訳もわからないまま歌ったが、今思えば、弱い人間の真実を捉えた深遠な歌詞だった。


驚いたことに、南海大学原子力研究所には原子炉が存在するという。国内の原子力研究所を調べていてわかったのだが、研究用に認可された原子炉が日本にはいくつか存在していた。南海大学原子力研究所の原子炉も、そのひとつだ。

南海大学原子力研究所は、四半世紀前の昭和三十五年に原子力の研究・教育を目的として設立され、原子炉設置が国により認可された。翌年の秋、原子炉は臨界に達し、その後、熱出力をアップしたり、様々な設備を充実し、今や関東における研究用の民間原子炉として、他の大学や研究者にも貸し出しを行い、活発に利用されているという。

この施設が建設された頃は、おそらく周囲には民家はなかったのだろう、神奈川県湘南地方の山側にその研究所はあった。藤沢で電車を降り、駅前からタクシーに乗って「南海大学の原子力研究所まで」と言った時、運転手が問い返さなかったので、それなりに知られた場所ではあるらしい。ただし、住民が好意的に見ているはずはない。

それを意識しているのかいないのか、放射能設備の存在を知らせるマークと注意書きが、高い金属ネットを張り巡らせたフェンスに目立つように設置されていた。そのフェンス沿いにタクシーは走り、運転手は人けのない正門で車を止めた。

運転手は、こんなところからは早く離れたいと思っているようだった。僕は、わざと時間をかけて財布を取り出し、金を払った。嫌味な性格だ。自分でも時々イヤになる。

閉ざされた正門の脇にある守衛所で、訪問する西山教授の名を告げ、アポイントメントを取っていることを申告した。まだ若い守衛が受話器を取り上げ、館内に連絡をする。僕の申告内容を確認すると、ノートを取り出し氏名や連絡先を書かされた。

警備会社から派遣されているのではなく、この研究所の警備員として雇用されているようだった。研究所の直接雇用だから、任務に忠実なのかもしれない。いや、原子炉を保有しているから、厳重なのだろう。

正門を入り、正面に見える五階建ての研究棟へ向かった。調べたところによると、原子炉は別棟の設備施設の地下一階に設置され、そこにはトレーサーや加速器施設がある。測定室、暗室、汚染検査室などは、そちらの設備棟に配置されているらしい。

研究棟の入り口を入ると、受付に内線専用電話があり、広いロビーにいくつか打ち合わせスペースが作られていた。テーブルに椅子が四脚ずつ配置されている。それが三セット、それぞれの話が聞こえないように離して置いてある。ここに、一度に三組以上の客がくるとは思えないから、それで充分に間に合うのだろう。

受付カウンターにもたれて待っていると、数分して西山雄一郎らしき人物が降りてきた。白衣を着ている。調べた経歴では五十八歳のはずだが、若々しく見えた。髪の量が多く、黒々としているからだろう。鬢には少し白いものがあった。中肉中背、特徴のない体型だが、動きはきびきびしている。何か定期的に運動をしているのかもしれない。

西山雄一郎は南海大学の教授で、この原子力研究所の責任者だった。民間の研究所にいる研究者としては、関東で一番だという評判である。原子力関係の取材となると、一番先に専門家として名前が挙がる人物だった。

関西の大学にも原子力研究所を持っているところがあり、原子力研究の第一人者として斉藤教授という専門家がいると聞いたが、関西まで取材にいく気にはなれなかった。西山に取材してみて、検証すべきところがあれば、斉藤教授に電話取材を申し込んでみようと考えていた。

「ライターの樫村さん?」と、西山教授は僕の前で口を開いた。

近くで見ると、さすがに年齢は隠せない。目の下にたるみが出ているし、顔にシミとしわが目立つ。四角い顎が印象に残る顔だった。遠くからはよく見えなかったが、流行のスリーポイントの縁なしメガネをかけていた。ネクタイの襟元が少し緩んでいる。

「ええ、お忙しいのに恐縮です」

「恐縮かあ……、若い人にしては珍しい言葉を使うねえ」

「そうでもないと思いますが……」

「いやあ、今時、恐縮なんて言う人、あまりいないよ」

「お忙しいのに、申し訳ないと思ったものですから……」

「取材関係の人には、なるべく会うようにしているんだ。原子力に対する啓蒙をしたいのでね。そう言えば、二ヶ月ほど前にもフリーライターの人に会ったな」

二ヶ月前……、六月末か。

「何て名前でしたか？」

「忘れたな。もう年配の人で、ベテランのようだった」

「名刺を置いていきませんでしたか？」

「そう、もらったな。確か……」

そう言いながら、西山教授は受付カウンターの内線電話に手を伸ばした。受話器を耳に当てる。おそらく自分の近くの人間に内線をしたのだろう。

「大庭くんか。悪いが私のデスクの上の名刺ボックスを見てくれないか。二ヶ月ほど前のあたりに『フリーライター』という肩書の名刺が入っていると思うが……、そうそう、それだ。どうだ、五十音順やジャンル別じゃなくて、時系列で並べておくと、簡単に検索できるだろ。それが能率的な整理法なんだよ……」

会話の後半は、助手らしき人物に整理法の自慢をしたようだった。確かに、時間軸に沿って資料を整理しておくと、検索しやすいのは確かだ。僕も取材の資料を紙袋に入れて日付を表書きし、時系列で並べている。

たとえば、名刺をジャンルでわけると、その人物がどういうジャンルの人だったか忘れたら探せない。五十音順の整理は名前を忘れたら探せなくなる。

「わかったよ。今村彰という人物だ。名刺に書いた日付メモによると、六月二十二日に会っている」

「その今村さんは、どんなことを訊きましたか？」

「チェルノブイリ事故の詳しい話を聞きたがったな。その後の放射能汚染についても、熱心に質問していったよ」

「先生ほどになると、あの事故については、いろんな取材があったんじゃないですか？」

「あの事故の直後は、電話が鳴り通しだったよ。新聞社やテレビ局や、週刊誌や何やかやでね。ただ、連休明けには、もう熱は冷めてたね。マスコミの報道って、あんなモンだろうな。のど元過ぎれば……という奴さ。その頃になると、ダイアナ妃一色だった。だから、六月二十二日に現れてチェルノブイリの話を訊きたいというのが、記憶に残ったんだろう。それに、事前にかなり調べていた。他の専門家にも訊いたんだろうな。綿密に取材していたね」

今村に間違いはなさそうだった。今村が取材した相手に偶然にぶつかったのかと思ったが、今村が専門家何人かに当たったのだ。そのひとりに西山教授が入っているのは当然のことだ。六月二十二日だとすると、チェルノブイリについて調べた後、最後の裏付けのために西山教授のところにきたのかもしれない。

「今村さんは、先生に確認を取るような質問をしましたか?」

「そうだねえ、チェルノブイリ原子炉の千トンもの重さがある蓋が吹っ飛んだのは本当か、とか訊いていたね。あらかじめ情報をまとめてきていた」

「そんな具体的な情報が入っていたのですか?」

「事故から二ヶ月ほどたっていたから、専門家筋にはいろいろ情報は入っていた。むしろ、事故直後に取材にきたマスコミには、あまり詳しいことは話せなかったよ。ソ連が情報を流さなかったのと、事故の被害を少なめにしか報告しなかったしな。ソ連のＩＡＥＡへの正式報告が八月に出たが、あんなものを信じてるのは誰もいない。そういうことをするから、原子力は怖いとなるんだ、まったく」

「ところで、こちらには研究用の原子炉があるんですね」

「ここの原子炉は、認可されて最初に臨界に達した時の熱出力は、〇・一ワットだった。後に熱出力を一ワットに上げて、現在に至っている。チェルノブイリの事故は四号原子炉で起こったんだが、その原子炉は黒鉛減速軽水冷却沸騰水型炉だ。通常の熱出力は三二〇万キロワットある。それが、三億キロワット以上に急上昇し、蒸気爆発を起こした。考え得る最悪の事故だよ」

専門家の話を聞くのは好きだったが、彼らは往々にしてデータをベースに話をする。数字的な裏付けが必要なのはわかるが、一般の人には、その数字が持つ意味がわからない。その爆発の凄さがどれくらいなのかは、今村のように「重さ一〇〇〇トンのコンクリートの原子炉の蓋を吹き飛ばすほどの爆発」と書いた方がイメージがつかめるのだ。

「先生、その今村さんがまとめたレポートがあるんですが、その内容が間違いないか、聞いていただけますか」

「ほう、あなた、あの人と一緒に仕事してるの?」

僕は、今村のレポートのチェルノブイリ事故と、放射能汚染に関する部分を西山教授に話した。教授は興味深そうに耳を傾けた。僕が話している間、うなずいたり首をひねったりしていたが、途中ではまったく口を挟まなかった。

「どうですか?」と、僕は話を終えて西山教授に言った。

「うん、そうだなあ」と、西山は腕を組んだ。「おおむね間違ってはいない。しかし、たとえば『セシウム137は広島型原爆の五百倍』と出てきたが、数字的なデータについては、専門家たちの間では異論が出るところだな」

「日本での放射能汚染は、どれくらい影響が出るんですか？」

「もう直接の影響はないだろう。すでに出た後だからね。これからは潜在的な影響だな。食物汚染も含めて……」

僕は礼を言って、立ち上がった。西山教授も立ち上がる。僕は今までも専門家のコメントが欲しくて、何人もの大学教授や研究者に会ったが、西山教授ほどもったいぶらない人物は初めてだった。

今村の取材レポートに出てくるチェルノブイリ原発事故と放射能汚染についての裏付けは、これ以上必要がないと判断した。ひとつの取材元に当たり、それが正確だったのだ。今村と同じ取材を、もう一度行うことはない。組織に属しチームで取材する記者ではない。個人で動いているのだ。おまけに、ギャランティも出ない。

「そうすると、今村さんのレポートに書かれているチェルノブイリの事故と、その後の放射能汚染に関しては、ほぼその通りだということですね」

槇原が言った。いつものように、グラスをリネンで磨いている。手元を動かしながら話をするのが、癖になっているのだ。僕は例によって薄めたバーボンをゆっくり飲み続けていた。

「そういうことになる。ということは、あのレポートが信憑性を帯びてきたということだ」

「何だか、不服そうですね」

その槇原の口調に、皮肉なニュアンスを感じて僕は顔を上げた。

「気が乗らないのでしょう、樫村さん」

「正直言うと、そうだ。今村の娘だって、もう死んでしまっている。どこかから金が出ても助かる命はない。だとしたら、金が目的ではなくなる。次に、今村の消息を得るためなら、別の方法がある。警察へ駆け込みますか?」

「駆け込むのだ」

僕は首を振った。僕が最も縁を持ちたくないのは、警察だ。それに、最近の警察は市民が相談にいっても、事件性がない、と言って、ろくに相手にしてくれないらしい。今村の場合も、明確に殺害されたと推測できるものがないと、警察は動かないだろう。

「いや、あんなところは、信用できない」

「では、どうします?」

「あのレポートの真偽を確認したら、内容を公にせざるを得ない」

とうとう口にした。僕が押し隠していた言葉だ。やりたい訳じゃない。しかし、あのレポートのようなことが進行しているのなら、公表する必要がある。僕には、それを売り込める媒体がある。喜んで掲載する媒体はあるだろう。

僕には、その編集者の顔さえ浮かんだ。「やりましょう。どんな権力とだって戦いますよ。それがジャーナリストの大義というものです。編集者冥利に尽きます」と、その編集者は力を込めて言うはずだ。やれやれ。

「公にするとは？」

「僕が記事を引き継いでまとめ、週刊誌に発表する」

「あのままの内容でですか？」

「いや、彼らの狙いを潰せばいいんだ。厚生省が輸入食品の放射能汚染の検査を厳しくせざるを得なくなるように、状況を作ればいいのさ」

そう、そうすれば、五代通商の郷地と農林省の官僚の狙いはつぶれる。放射能汚染された食糧は輸入できなくなる。自分たちの口に入る食べ物が汚染されているのだ。食の安全を守れ、とキャンペーンを張れば、必ず世間は騒ぎ出す。間違いなく大きな問題になる。国を突き上げる消費者団体が出てくる。

「作れますか？」

「ああ、少し光が見えたよ」

「それは、よかったですね」

「明日からは、郷地か農林省の神林に当たってみる」

槇原が、ジロリと僕を見た。厳しい目をしている。そんな凄みのある槇原を見たのは、以前に一度あるだけだ。その時は、やくざ風の男と渡り合っていた。

飲食店には、やくざがみかじめ料を出せとやってくると聞いたが、そのたぐいの話だった。男がおしぼりサービスを法外な値段で契約しろと迫り、槇原が必要ないと断り続けていた。結局、男は、何があっても知らねぇからな、とすてぜりふを吐いて出ていった。

「郷地と神林には、触らない方がいいんじゃないですか。今村さんがどうなったかはわかりませんが、樫村さんも同じことになる可能性がないとは言えない。慎重に動いた方が……」

「そうは言っても、レポートにもテープにも出てくるのは、郷地と神林だけだ。そこに当たらずに調べようがない」

「厚生省の男を捜したらどうですか?」

「名前もわからないし、顔もわからない。あんな話をする相手だから、担当業務と職務権限を調べていけば、絞り込めるかもしれないけど……。時間があまりないんだ。中心にいる郷地に直接、当たってみるよ。その方が早い」

「わかりました。充分、気を付けてください」

わかっている。今村が死を覚悟して大金の強請をかけたのなら、それなりの危険を感知していたのだろう。娘の手術のことを考えると、今村は最低でも一億円は要求したはずだ。府中刑務所裏で三億円が奪われた時、その額の大きさに日本中が驚愕したのが十八年前になる。今じゃ一億円くらいじゃ誰も驚かないが、大金であることは間違いない。

4

その日もフラフラと深夜の道を歩いていた。東の空に青みがかった光が浮かび始めていた。さすがに吹いてくる風には、秋の気配があった。肌に涼しく感じる風だ。槇原の店を出て、まっすぐな道を数百メートルほど歩いた時、路上駐車をしている白いワンボックスカーの横を通った。その時、ワンボックスカーの歩道側のスライドドアが開いた。目の前に大きな男が飛び出してきた。驚くと同時に、僕は身を翻そうとした。しかし、続いて車から出てきた男が、僕の背後に立った。助手席から降りた男が、僕の脇を固める。全員が僕を鷲づかみにした。背後の男が、僕の鼻と口を湿った布で覆う。そして……、意識がなくなった。

気が付いた時、ひどく頭が重かった。殴られたわけでもないのに、後頭部に鈍痛がある。クロロホルムの匂いと言われてもすぐにはわからないが、あれがたぶんそうだったのだ。目を開くと、どこかの工場か倉庫のようなところだった。

暗くてよくわからないが、天井がひどく高かった。身動きができなかった。手足を縛られていた。床にゴロリと投げ出されている。「フラジャイル」と書いたステッカーを背中にでも貼っておけば、もっと扱いが違ったかもしれない。六年前のことが、屈辱感を伴って甦った。

足音がしたが、首をまわせない。「目を覚ましたって」と言いながら、誰かがやってきた。おそらく見張りがいて、僕が気が付いたのを知らせにいったのだ。僕を拉致した男たちは、少なくとも三人いた。もしかしたら運転手が別にいたのかもしれない。

「おう、久しぶりだな」と、頭の上から声が落ちてきた。

誰だ。そう言うからには、僕が知っている男なのか。しかし、人間の顔は逆さから見ると、まったくわからない。

「おい、起こしてやれ」と、その男は言った。

もうひとりの体の大きな男が、僕の横に膝を突いて身を屈める。後ろ手に縛った腕をひねり上げるようにして、僕の上半身を起こす。痛みが走った。縛られた下半身を投げ出すような形で身を起こした。先ほどの男が目の前にまわり込んできた。

あの男だった。六年前、羽田の近くの倉庫で、僕を椅子に縛り付けたまま置き去りにした男だった。

「驚いたのか。そんな顔、してるぜ」

確かに驚いた。ここで、この男が現れるとは考えてもいなかった。一体、どういうことなのか……、混乱した。

「今村が何かを預けるとしたら、あんただって目星を付けていたのさ。見張っていたんだ。気が付かなかったか。昔、警告しただろ。もう忘れたのか」

「……」

口をきく気にもならなかった。男は、すでに四十を過ぎたのだろう、あの時より貫禄が出ていた。顎の張った四角い顔、海兵隊員のように短く刈り上げた髪は同じだが、体全体には少し肉が付いたようだ。それにしても、僕は男については細部まで記憶していた。

「あんたは南海大学原子力研究所まで、取材と称して何かを確かめにいった。もう、間違いないと判断したのさ。今村から預かっているものを渡しちゃくれねぇか」

「何も預かっていない」

「嘘だな。嘘だよ、樫村さん。そうそう、樫村さんと言うんだってね。樫の木は硬いけど、あんたの口も堅いのかい」

「口が堅いわけじゃない。何も預かっていないんだ」

男が右手の人差し指を突き出した。それを小さく振る。昔、そんな仕草をする殺し屋を日活映画で見たことがある。

「樫村さん、無駄な時間を費やすのはやめようぜ。あんたが預かったものを出してくれりゃ、このまま何もないで終わるんだ。六年前だって、そうだったろう。そうでなきゃ、あんたも今村と同じ目に遭うことになる。あいつは性懲りもなく、強請をかけてきた。今度は、限度を超えちまったんだ」

男が脇に控えていた大きな男に顎で何かを示した。その男は、相撲協会に入った方がよさそうな体躯をしていた。坊主頭でジャージを着ていたが、六年前の男たちではなかった。兵隊は入れ替わっているのかもしれない。その男が事務所らしき方へ向かっていった。しばらくして、小さなビニール袋に入った何かを持ってきた。顎の張った四角い顔の男に、それを渡す。

男が僕の目の前に、そのビニール袋をかざした。今村の運転免許証だった。二年先まで有効になっている。その免許証の今村の写真は実際より若く、どことなく頼りなげだった。それに、免許証は血まみれだった。

「おれたちの雇い主が証拠をほしがったので、これにしたよ。今村の血にまみれた免許証だ。今村の指や手首を持って帰っても見分けはつかないし、まさか首を見せるわけにもいかねぇ。やばいものはみんな、見付からないところに棄てなきゃならない。これも、あんたの始末がついたら、破棄する予定だ」

「殺したのか」

「訊くだけ野暮だな」

「なぜ、僕が今村から何か預かったと思うんだ?」

「おれたちだって、調査能力はあるんだぜ。それに、六年前、あんたは今村と組んでいた」

「今村は、なぜあんたの雇い主とやらを怒らせたんだ?」

「知ってるだろ。バランスを崩したのさ。あいつは汚ねぇ小金稼ぎの恐喝屋だった。いくばくかの金で我慢してりゃ、もう少し長生きできたものを、欲をかいたのが間違いだったな。それに、身の程知らずのネタに食いついた。それなのに、決定的証拠を持っているとは思えなかった。今村なりのブラフだとわかったのさ」

「ブラフ?」

「おれたちはポーカーが好きで、暇があるとやっている。麻雀と違って洗練されているしな。ただし、今村はポーカーじゃ勝てない。顔に出るタイプだ」

「じゃあ、なぜ、僕が何か預かっていないかと言うんだ。今村は、決定的な証拠は持っていないと判断したんだろ」

「火のないところに煙を立てるのが、奴のやり口だからな。根拠や証拠のない話でも、煙が立つのを厭がる人がいる。さて、もう一度訊く。今村から預かったものを渡してくれないか」

「何も預かっていない」

やれやれ、という風に男は肩をすくめた。それから大きな男に向かって顔をしかめた。相撲協会に入ればよさそうな大きな男は、何の反応も見せなかった。元々、細い目だったようだが、肉の盛り上がった頬のせいで今は線のように見える両の目も、何の感情も浮かんでいなかった。

「何も話す気がないらしい。別の部屋を見せてやろう。少し気が変わるかもしれない」

男がそう言うと、大きな男が僕の足を縛っているロープをほどいた。僕の右腕を大きな手でつかむと、乱暴に引き上げる。肩がどうにかなりそうなほどの力だった。ふらつく体を両足を踏ん張って支えた。頭を上げると、男が事務所に向かって歩いていくところだった。僕は、大きな男に押されて、男の後についていった。

改めて見渡すと、広いスペースに様々なものが置かれていた。廃材ばかりだ。廃棄された電化製品の山もある。何かの機械類もある。鉄骨が置いてあったり、壊れた自転車がひと山あった。どこかの自治体が、放置自転車の廃棄を依頼したのかもしれない。

工場の端に鉄製の階段があり、そこを上がると中二階の事務所になっていた。そこには、三人の男たちがいた。皆、同じようなタイプだ。丸坊主がふたり、スキンヘッドがひとり。年は二十代から三十代といったところか。全員がジャージの上下である。ファッションセンスは皆無だ。

男が事務所に入ると、その男たちが一斉に立ち上がって、直立不動になった。やはり、その筋の人間たちか。机が五つ並んでいる。それぞれの机に電話が置いてある。昼間は、ちゃんと事務仕事をする人間たちがいるのかもしれない。

男は何も言わずに事務所を通り抜け、工場とは反対側にあるドアを開いた。その向こうに外階段があった。夜明けの光だった。拉致されて、どれくらいの時間が経ったのだろう。そのまま、男は外階段を下りていく。僕も大きな男に押されるようにして、その後に続いた。

外階段を下りきると、高い塀に囲まれた敷地だったが、やはり雑然としたものがそこここに積み上げられている。様々な廃材やスクラップである。一体、ここは何だろう。何かの工場か。しかし、稼働しているようには思えなかった。男は、そんな中を歩いて、正面の高い煙突のある建物に向かった。

男が鉄扉を開いてスイッチを入れると、冷たく青白い蛍光灯の光がその建物の中を充たした。無機質な、何もないガランとした部屋だった。正面に耐火煉瓦で作られた焼却炉があった。それくらいは、わかった。だが、その焼却室はかなりの広さを持っている。見渡すと、制御装置が焼却室の脇にあった。焼却炉の投入口は漏斗状になっていて、そこに向かってベルトコンベアが設置されている。

ベルトコンベアに焼却したいものを乗せ、スイッチを入れればゆっくりと投入口に向かって進んでいく仕掛けだ。自分が縛られたまま、そのコンベアで移動させられる姿が浮かんだ。下から見上げた巨大な漏斗状の投入口は、人ひとりはスルリと落ちていける大きさがあった。そのまま太いパイプを伝って、焼却室に落ちていく。

「これが何か、わかったようだな」と、男がニヤリとした。「水冷式の高熱焼却炉だ。高性能でな、通常の焼却炉の限界温度じゃなく、完全燃焼温度まであげられる。人間なんて灰も残らない。ここは産業廃棄物の処理工場だったが、今じゃ不良債権だ。何の役にも立たねぇが、たまに有効活用している。何でも燃やせるからな」

そう言って、男は制御装置のスイッチを入れた。大きな音がして、焼却炉が立ち上がり始めた瞬間、男がスイッチを切った。その音に衝撃を受けた。

「これだけで、何でも燃やせるんだぜ」

「何を燃やすかは聞きたくないよ」

「まあ、そう言うな。今村は、そのベルトコンベアに乗せられて静かに昇っていったよ。その前に免許証が血まみれになるくらい酷い目に遭っていたからな。そこが、今のあんたと違うところだ。もっとも、死体になって燃やされる方が、生きたまま燃やされるよりマシだろうがな」

突然、大きな男が僕の体にのしかかってきた。そのまま押し倒された。背中に男が乗ってくる。また、足を縛られた。そのまま男の肩に担ぎ上げられた。視界が回転した。目がまわりそうになる。男は、わざと僕の体を振りまわしている。そのまま、ベルトコンベアに載せられた。

男がベルトコンベアのスイッチを入れた。モーターが動き出す音と共に、ガクンとベルトコンベアが動き出した。体を動かそうとしたが、手足を縛られ首を振るのが精一杯だった。背骨にベルトコンベアのローラーがガタガタと響く。強烈なマッサージだった。見上げると天井が移動していく。

ガタンという感じでベルトコンベアが止まると同時に、モーター音が消えた。静寂が訪れる。張りつめていた全身から力が抜けた。安堵の息が漏れる。自分の胸が大きく上下するのが見えた。首を上げて足元を見ると、かなり昇っているのがわかった。投入口まで、どれくらいの距離があっただろう。

「話す気になったか?」

男の声が聞こえた。のんびりとした口調だ。意図的に間延びした言い方をしている。男は、ベルトコンベアの真下に立っているようだった。姿を見せず、僕の恐怖心を煽ろうとしている。

「話すことなんて何もないし、預かったものなんてないんだ」

「樫村さんよ、何で、そんなにがんばるんだ？　おれたちが本気だったってわかった時には、死んでるんだぜ。生きたまま焼かれるんだ。ジャンヌ・ダルクみたいにな」

僕は笑った。ジャンヌ・ダルクが出てくるとは思わなかった。

「余裕があるじゃないか。おれがジャンヌ・ダルクって言うのがおかしいか、えっ」

男の声に怒りが感じられた。

「ジャンヌ・ダルクが出てくるとは、予想していなかったもんでね」

「じゃあ、あんただったら誰を出す」

「魔女裁判」

「火刑法廷か」

「何度も言うが、僕は何も預かってない。無罪だ」

男が黙って、ベルトコンベアのスイッチを入れた。突然、動き出したベルトコンベアに僕は驚き、身が縮み上がった。全身に力が入り、硬直した。つり癖のある右足のふくらはぎに痛みが走った。

首が空中に飛び出した。ベルトコンベアが尽きたのだ。落下を覚悟して、全身が固まった。駄目だ、落ちた時の衝撃を考えるなら、体は柔らかくしていなければならない……。その時、ベルトコンベアが停止した。

「どうだい。本当のことを言う気にならないか?」

しばらくして、男の声が聞こえた。

「昔、あんたたちに脅された後のことだ。今村に言ったことがある。どんな時にだって、最低の自尊心はある。だから、どんなにちっぽけな自尊心でも守りたいって……。人から強要されたり脅されたりして、その人間の思う通りにさせられるのはイヤなんだ。ただイヤなだけだけど、それはもう生理的な問題でね。へそ曲がりなのかもしれない。しかし、驚いたことに、今もそう思っているんだ」

男が笑った。

「あんた、殺されないと高を括ってるのか? 死ぬ覚悟ができていて、そう言ってるのか? 殺されないと思っているのなら、間違いだ。おれたちには次の手がある。あんたが死んだら、次は、あのバーのマスターに訊くことにしている」

僕は、ベルトコンベアの端から飛び出した首を曲げられるだけ曲げて男を捉えようとしたが、僕の視界のどこにも男はいなかった。突然、ベルトコンベアが動き出した。肩が空中に出る。背中がベルトコンベアがなくなるのを感じる。腰が空中に浮いた。次の瞬間、僕の体は漏斗状に大きく口を開いた、焼却炉の投入口に吸い込まれていった。

5

「じゃあ、いよいよ反撃を始めるんですね」

槇原が、ふたつのストレートグラスにマッカランの十八年ものを注ぎながら言った。今日は日曜で、「マルセイユ」の扉は閉まり、ネオンはついていない。僕が扉を叩いた時、店は真っ暗だったが、二階の窓には明かりがついていた。槇原は二階の窓から顔を出し、そこに僕が呆然と立っているのを見て、慌てて降りてきた。

店に入った僕を上から下までしみじみと眺めて、槇原はため息をついた。それから、僕の手首と足にくっきりと残ったロープでできた擦り傷を改め、二階に戻り救急箱を持ってきた。槇原は、僕の背中に大小の打撲傷ができていることも調べ、こまめに湿布薬を貼ってくれた。それから、気付けです、と言ってマッカランの十八年もののボトルを取り出したのだ。

「ここまでコケにされたんだ。あいつらに致命的な傷を与えなきゃ気がおさまらない」

「あなたも意地っ張りですね」

「僕は、ひとに小突きまわされるのが嫌いなだけだ。金や、権力や、暴力で人を思い通りにできると思っているやつらを見ると、虫ずが走る」

槇原は、その僕の言葉には何も答えず、黙ってマッカランの注がれたグラスを差し出した。それから、槇原自身もグラスを取り上げ、目の前にかざしてから、乾杯でもするように珍しく一気に口に含んだ。僕はグラスを明かりにかざして、琥珀色の美しさを確認してから、同じようにした。のどを強い刺激が通り抜ける。漏斗状の投入口からツルツルのパイプを伝って落ちていく自分の姿が重なった。

死んでいたら、こうしてウィスキーの強い刺激をのどに感じることもできなくなっていた。あの時、僕は死を覚悟していたのだろうか。あの男が言ったように、どこかで高を括ってはいなかったか。パイプを滑り落ちた時、これで死ぬと思ったか……。

わからない。自分が何を感じていたか、わからなかった。ただ、暴力で人の大切なものを奪おうとした人間たちへの強い怒りがあった。あそこで僕が暴力に屈して、今村から預かった封筒のことを喋ったら、僕は僕自身を許せない。暴力の恐怖に負けた自分を許せない。そのことによって失うものは、あまりに大きすぎた。

自尊心、誇り、そんなもののために人は命を棄てることもある。あの男たちや、彼らを使っているやつらにはわからないだろう。あの男たちは、金や権力に自分を売ったやつらだ。そんな男たちを使っている人間たちは、人は権力や財力の前に無力だと傲慢にも考えているだろう。

しかし、何かの力に屈した記憶を抱えて生きることは、四六時中、自分を軽蔑して生き続けることだ。自分だけが、暴力や死の恐怖に屈服したことを知っている。自分しか知らないが、だからこそ己を許せなくなる。自己蔑視から逃れられない人生を送るくらいなら……、死んだ方がマシだ。

そうだ、あの時、僕は、ここを逃れることができたら、男たちを雇った人間に致命的な攻撃を与えることを誓った。僕は自分の体の重さでパイプの中を滑り落ち、そのまま焼却室へと転がり出た。パイプの出口から焼却室の床まで一メートルほどあったが、滑り落ちた勢いで床を転がったためか、それほどひどい衝撃はなかった。

しかし、一年前に受けた左手の傷と脚の骨折跡に衝撃を受け、痛みが全身に走った。一年前のあの時も、僕は死を覚悟した。腕の傷と脚の骨折ですんだのは、運がよかったのだ。痛みによって甦ったイヤな記憶が去っていくまで、僕は床に転がったままでいた。

しばらく使用していなかったのだろう、焼却室の床は冷えていた。先ほど男が制御スイッチを入れたのは、やはりブラフだったのだ。隅に灰が溜まっていたが、耐火煉瓦で囲まれた広い焼却室は人が住めるくらいの広さだった。貧乏学生だった頃、僕が借りていた四畳半ひと間のアパートより広かった。

体を転がして奥の壁際までいき、何とか上半身を起こした。背中に痛みが走ったが、単なる打撲傷だろうと思った。顔を上げると、正面に耐火ガラスで作られた小窓があった。焼却室の様子を目視するためのものだ。そこに男の顔があった。僕と目が合うと、男はニヤリと表情を崩した。

右手を顔の横にかざし、二本の指を立てて振った。イヤミな奴だ。

男が小窓から消えた。数秒後、小窓から入る光が消えた。男が照明のスイッチを切ったのだろう。男は、本当に焼却室に落とすことで、僕が縮み上がったと思っている。また、僕を置き去りにするつもりだ。焼却室に縛ったまま転がしておくことで、僕が屈服すると踏んでいる。確かに、時間は敵だ。長い時間が気を弱らせる。

どれくらいの時間が過ぎたのか、男が帰ってこないことを確かめてから、薄暗い中で僕は周囲を見渡した。何かないか。何でもいい。この状況を打開する何か……。あった。耐火煉瓦の角が少し崩れて、とがっている部分があった。刃物のように薄くなった部分。ほんの数センチだが、人間の皮膚ならスッと切れてしまいそうだった。

だが、それは中途半端な高さにあった。膝を曲げ屈伸運動をするような形になって、手首を縛っているロープをその耐火煉瓦に押しつける。そのまま細かく手首を上下させた。丈夫なロープだ。しかし、結局は繊維を編んで作っているものだ。少しのほころびから解け始めることだってある。僕は、何度も何度も手首を動かした。

どれほどの時間が過ぎたのか。手首の感覚はもうなくなっていた。ただ機械的に上下させているだけだ。折り曲げたままの膝も悲鳴をあげていた。縛られた足首が引きつりそうになる。ふくらはぎに痙攣がおこりそうだった。その時、急に手首を縛っていたロープが緩んだ。両手首に力を入れた。プツリと音がしたような気がした。

僕はズルズルと壁を伝って滑り落ち、床に身を横たえた。自由になった腕を体の両脇に広げた。十字架のような形のまま、僕はじっとしていた。次第に手首の感覚が戻ってきた。何度か手のひらを握ったり開いたりした。それから、ゆっくり身を起こして、足を縛っているロープをほどいた。

立ち上がると、少しふらついた。耐火ガラスの小窓から差し込む光はほとんどない。暗い焼却室の中の探索を始めた。焼却室は片付いていた。誰かが床を掃除したり、焼却しきれなかったものの整理をしているはずだ。何でも燃やすといっても、少しは燃え残った灰があるはずだ。焼却灰は誰かが中に入って、片付けているに違いない。その誰かは、投入口からパイプを伝って入っているとは思えない。

出入り口は、奥の壁に沿った右手の奥にあった。分厚い鋼鉄の耐火扉だ。密閉されている。押してみたが、びくともしない。こういう設備では作業員が閉じ込められる事故を防ぐために、どんな時も中から開けられる装置があるはずだった。ドアの周囲を探った。

学生時代、冷凍倉庫でアルバイトしたことを思い出した。そう、あの時、教えてくれた……。ドアの開閉に使うハンドルがあり、そのハンドルの根元にレバーがあった。そのレバーを引きながら、ハンドルをまわした。ドアが開く。男は、このドアのことは想定していなかったのだろうか。手足を縛っているから大丈夫だと思ったのか。

ドアを出ると、またドアがあった。小部屋だ。宇宙船の気密室のような空間だった。隅に消火器が置いてある。スタジオのドアのように二重ドアになっていた。そのドアが閉まっていた。男は、こちらの鍵を確認したのだろう。だが、そのドアにも耐火ガラスの小窓が付いていた。人がいるかどうか、外から確認するためだ。

消火器を持ち上げて、思い切りガラスに叩きつけた。大きな音がして、消火器が跳ね返された。勢いで、尻もちをつきそうになった。その時、気付いた。このドアだって閉じ込められないように、中から開けられるはずだ。暗くてよく見えなかったが、ドアノブにはレバーがあり、それをまわすだけでロックが外れるようになっていた。大きな音を立て男たちの注意を引かなかったか、急に心配になった。

男たちは、気付かなかったようだった。僕は焼却炉の建物を抜け出し、音を立てないようにして、事務所に入る外階段を昇った。階段の途中にある窓から中を覗いてみた。あの体の大きな男と、クローンのように似ている三人の男たちがいた。男たちは机を囲んで椅子に座り、カードゲームをしていた。あの男が言ったように、ポーカーをしているのだろう。ただ、あの男はいない。

「様子を見にいかなくていいのか？」
「兄貴は、しばらく放っておけってさ」
「なんで？」
「その方が気弱になるそうだ」

「そうかな。痛めつけた方が早いだろ」

「おまえは、単純だからな。兄貴は人間の心理がわかってんだ」

「へえー、そうかい」

「おい、おれにカード、二枚くれ」

「あまり、いい手じゃねぇな」

「どうだかな」

「ところで、兄貴はどこへいったんだ?」

「クライアントのところだ」

「郷地さんか」

「バカ、その名前を言うな」

男たちは、ほとんど背中を見せている。あの相撲部屋への入門を勧めたくなる大きな男の顔だけが、かろうじて窺えた。男は無表情だった。喋っているのは、クローンのような三人だけだ。掛け合いのような会話だった。もしかしたら、お笑いトリオでも組んでいたのかもしれない。

僕は、音を忍ばせて窓から離れ、外階段を下りた。もう、夕闇が迫っていた。明け方に拉致され、十五時間以上が経っている。暗くなれば、土地鑑のない場所で迷うかもしれない。僕は、静かに産廃処理工場の敷地内を調べた。正面の門のところに、ワンボックスカーが駐車してあった。僕を拉致した車だ。誰もいないかもしれなかったが、その車の横を通るのはイヤだった。

塀に沿って歩くと、一カ所、塀が崩れているところがあった。覗くと草っ原が続いていた。ススキが一面に生えている。薄暮の光の中で風に揺れていた。そのススキの原に足を踏み出した。かき分けて進んだ。自分がどこにいるのか、どこへ向かっているのか、まるでわからなかった。

数分、ススキをかき分けて進み視界が開けると、目の前に川の堤防があった。その堤防に立つと、大きな川があった。対岸の堤防まで数キロはありそうだ。もっとも、水が流れているのは真ん中だけだった。水の流れを挟んで両側に農地が広がっている。その農地の間に舗装された農道が見えた。

右手に大きな橋が見える。幹線道路なのだろう。交通量は多い。そちらに向かって歩いた。男たちは、所持品は取り上げなかった。財布を取り出して調べると、中身はそのままだった。ここがどこにしても、東京からそんなに離れてはいないはずだ。しかし、自分の姿を見ると、タクシーの運転者が快く乗せてくれるか、自信はない。

大きな橋の手前に「とね川」と建設省が立てた看板があった。とすると、ここは千葉県か茨城県か。幹線道路脇にトラックが何台も駐まっている広いスペースがあり、自動販売機がいろいろと並んでいた。隅にはトイレも設置されている。ドライバー相手に、自販機だけで商売をしているのだ。

僕はトイレに入り、顔や腕など人目に晒される部分を洗った。髪を濡らし、手櫛で整える。手首にアザがあり、顔にも擦り傷や打撲の痕跡があった。それでも、先ほどよりはマシである。トイレを出て自販機の方に歩く。数人の男たちが輪になっていた。僕が近付くと、興味深そうに顔を向けた。

自販機で水を買い、飲み干した。その様子を、男たちが見つめている。よほどのどが渇いていたのか、ガブガブと飲み干したのかもしれない。ペットボトルを棄て、もう一本、今度はスポーツドリンクを買った。

「どなたか、新宿方面にいく人はいませんか？」

そう男たちに声をかけてみた。

「兄ちゃん、何があったんだ？　追いはぎにでも襲われたような格好じゃねぇか」

年配のトラック運転手が声をかけてきた。しわだらけの顔に、ニコニコと穏やかな表情が浮かんでいる。ここには、トラックしか駐車していない。そういう場所なのだろう。

「追いはぎじゃないけど、似たようなもんですよ」

「そりゃあ……」と、年配のトラック運転手が絶句した。冗談のつもりで言ったのに、まともに答えられて困ったようだ。

「兄さん、新宿にいきたいのなら乗っていくかい」

そう声をかけてきたのは、四十代くらいに見える男だった。白い長袖のＴシャツにブルージーンズ。角刈りにした髪とエラの張った顎で、顔が真四角に見える。Ｔシャツ一枚だから、広い肩幅と厚い胸板は本物だとわかった。穏やかな口調だったが、視線の鋭さが目立っていた。

「助かります」と、僕は言った。

「そのトラックで、ここまできたのですか……」と、槇原が言った。

「親切な運転手でね。何も訊かないし、余計なことは言わない。何か訳があるんだろう、という目で見ていた。降りる時に謝礼だと言って万札を出したんだけど、受け取らなかった。親切を金に換算した僕の方が、悪かったんだ。『ありがとう、助かったよ』、と礼を言うだけで降りるべきだった」

「樫村さんは、謝ったんでしょう。だったら、その人は気にしていないと思いますよ」

一日足らずのうちに、僕を殺そうとした男たちと、親切な男と会った。トラックの運転手は、茨城県守谷から水戸街道に出て環七をぐるりとまわり、僕を方南町近くで降ろしてくれた。都心には入らないという。しばらく、僕は彼のトラックが遠く去っていくのを見つめた。それから、まっすぐ槇原の店にきた。

「槇原さん、僕が急いでここへきた理由はね、僕を拉致した男が、僕を殺したら次は槇原さんに訊く、と言っていたからだ。あんたが危険かもしれない。変なことに巻き込んでしまった。すまない」

「あなたが生きているんだ。まず、あなたを捜そうとするでしょう。私のことは後まわしだろうし、その男が言ったのは、単なる脅しじゃないですか。確かに、あなたはここによくいるけれど、だからといって私が何かを預かる関係じゃない。少なくとも、訊かれたら私はそう言います」

「そうだと、いいんだが……」

「それより、反撃を始めるのなら、とりあえずどこかへ身を隠した方がいいのではありませんか。誰か頼れる人はいますか?」

その時、なぜか羽村の顔が浮かんだ。それに、羽村なら郷地についてもっと何かを知っているかもしれない。あの男たちの会話で名前が出た郷地。あれは、本当に郷地浩一郎なのか。

「とりあえず、Tシャツの着替えを貸してほしい。キャッシュカードがあるから、金は何とかなる。しばらく地下に潜って、郷地浩一郎本人に接触してみるつもりだ。それで、裏付けがとれたら反撃開始だ。記事を発表する媒体も、目星を付けてある。『首を洗って待っていろ、郷地』、というところさ」と、僕は景気付けに心にもないことを口にした。


黒塗りのセンチュリーのリアウィンドウ越しに、レースのカーテンが見えた。後部座席を隠すためだが、あれは運転手付きの公用車や社用車であることをアピールするためのものではないか。僕には、そうとしか思えない。あるいは、黒塗りの高級車を好む一部の特殊な人々がおり、それと混同されないためかもしれない。

郷地浩一郎の自宅は世田谷区にあったが、それほどの大邸宅ではない。少し大きめの洋館ではあるが、このあたりによくある民家である。五代通商の副社長の家と聞くと、少し意外な感もある。ただ、世田谷で百坪ほどの土地に建つ五十坪の洋館は、それなりに贅沢なのかもしれない。

その郷地家の門扉の前に、黒塗りのセンチュリーは停車していた。長年、郷地の専用車を担当している運転手が、じっと前方を向いて背筋を伸ばし、郷地が出てくるのを待っていた。いつも通りだった。午前六時三十分に、郷地の専用車が迎えにくる。五分後には出発し、丸の内にある五代通商の本社ビルには約一時間で到着する。その間、郷地は資料に目を通している。

郷地が時間通りに出てきた。いつものように妻が一緒だ。妻は、郷地を送ってから門扉を閉め、その後、ほとんど外出することはない。それは、この三日間、郷地家を見張ってわかったことだった。子供はいない。通いの家政婦がひとり、郷地が出かけた後にやってくる。

運転手が車を降り、後部座席のドアを開ける。郷地が運転手に声をかけて乗り込む。運転手がドアを閉め、運転席に戻る。エンジンが始動し、ゆっくりと発進する。そこまでは、いつもと同じだ。だが、今日はいつものようにはいかないだろう。

僕は遠目で車がこちらに向かってスタートするのを見届けると、角を曲がって、次の路地に走った。三日かけた監視が間違っていなければ、大通りに出るまでは同じルートを通る。住宅街のそれほど広くない道だ。一方通行もある。ルートを変える余地がない。次の角のあたりは、この時間にはほとんど人通りがないことを確認していた。

角に隠れて、待った。郷地の車が向こうの角を曲がって、姿を現した。いつものように徐行運転だ。近付いてくる。五メートルほどになった時、用意していたサッカーボールを転がした。急ブレーキがかかった。角から二メートルほどのところで、郷地の車が停止した。

僕は、角から飛び出し、センチュリーの後部ドアを開けた。ドアロックを掛けないことは、確認してある。驚いた表情の郷地がいた。僕は身を滑り込ませた。運転手が振り向く。

「郷地さん、フリーライターの樫村という。今村彰のことで、訊きたいことがある」

「副社長！」と、運転手が叫んだ。

「吉川くん、大丈夫だ」と、郷地が落ち着いた口調で運転手に答える。

「しかし……」

「大丈夫だ。そう怖い人ではなさそうだし」

そう言って、郷地は僕を見た。それから首をかしげ、値踏みをするようにじっくりと視線を巡らせる。鋭い眼光……というイメージを持っていたのだが、穏やかな視線だった。微笑んでいるのではないが、表情にやさしさがあふれている。どんな相手も、そんな慈しみを漂わせる目で見るのだろうか。

「吉川くん、車を出してください。話は、車の中でもできる。それでいいですね」と、後半は僕に向けて言った。

車が再び動き出す。僕が隠れていた角を曲がり、もうすぐ世田谷通りに出る。そこからは渋滞情報を聞きながら、適切なルートを選んでいく。警戒しているのではないようだが、三日間、同じルートは使わなかった。車で尾行するのが、ひと苦労だった。

「樫村さんといいましたか？」

郷地は七十になるが、とてもそんな年齢には見えなかった。白いものが混じる、少し薄くなった髪をオールバックになでつけている。それが聡明そうな額を際立たせている。こちらは完全に白くなった眉毛と穏やかな瞳が、その下に続く。切れ長の目は、若い頃には女たちを騒がせたことだろう。鼻筋は通り、唇は一文字に結ばれている。

意志的な顎の下に、そこだけ年相応の肉が付き、少し垂れている。首筋に年齢が出るという。確かにそうだった。体全体にもやや肉が付いているものの、不健康なイメージはない。仕立てのよい濃紺のスーツが貫禄を醸し出している。

「そうだ」と、僕は気圧されそうになる気持ちを奮い起こし、ことさら肩肘を張った返事をした。

「お会いしたことは？」

「ない」

「で、何の話を訊きたいのですか？」

「さっきも言ったが、今村彰という男の消息について」

「今村さんは、知っています。何度か取材を受けたし、有益な情報をもらったこともある。そう、もう十年来の知り合いですな。私のことを調べてもいたようだ」

「その今村の行方がわからない」

「それを、なぜ私に……」

「あなたが知っている、という情報がある」

「どこから入った情報ですか？」

「茨城県にある休業中の産廃処理工場」

郷地の表情は、何も変わらなかった。もっとも、トップは指示をするだけで具体策は下っ端が実行する。僕をいつ、どこで拉致し、どこへ連れていくか、郷地は知らなかったのかもしれない。だが、兄貴と呼ばれるあの男が郷地に会ったのだとしたら、具体的な報告をしている可能性もあった。

「何のことか、わかりませんな」

「それでは、別の質問だ。あなたは、ウクライナの小麦を始めとした穀物類を、大量に輸入しようとしている。しかし、チェルノブイリの原発事故で、ウクライナの農作物は放射能に汚染された可能性がある。ところが、あなたは農林水産省を抱き込んで、あくまでウクライナからの輸入を強行したい。そのために、厚生省の官僚も抱き込み、放射能検査をさせない画策をしている。違いますか？」

車が渋谷に近付いていた。首都高速に入る様子はなかった。ここまでは、スムーズに流れていた。まだ、この車に乗り込んで十分しか経っていない。しかし、何の収穫も得られていない。

「仕事のことに関しては、何も話せません。私のような立場にいると、私のひと言で五代通商の株価が変動することもある。だから、うかつなことは言えないのです。わかっていただけますか」

「あなたが、ウクライナ産の穀物類の輸入を強行しようとしているのは、それがアゼルバイジャンでの海底油田開発事業の権益獲得の条件だからだ。違いますか？」

槇原の店を出てから、僕は羽村に連絡を取った。匿ってもらおうと思ったのではない。身を隠すなら、都内のビジネスホテルにでも泊まればいいのだ。誰かと連絡を取りたいときは、槇原の店を仲介すればいいと思っていた。もっとも、槇原の店の電話を盗聴されれば、それですべてわかってしまう弱点はある。

羽村からは、改めて郷地の情報を得ようと思った。どこに住んでいるのか、どんな人物なのか、何が彼の弱点なのか、そんなことだった。羽村からは、いくつか有益な情報を得たが、何かの役に立つかと思ったのは、郷地が戦前の履歴と戦後のシベリア抑留体験については、時々、エキセントリックになるということだった。いつも冷静な郷地が、感情的になるとしたらそのふたつの話だな、と羽村は言った。

「だから、仕事のことは、お話できないと申し上げたはずだ。その話が漏れたら、五代通商の株価は乱高下するでしょうな。本当のことではなく、偽情報だって株価には影響するんです。たとえば、ソ連での石油開発事業の合弁会社に五代通商が参加することが決定したと正式に発表すれば、五代通商の株価は急上昇するでしょうな。しかし、噂の段階で、そんなことを肯定できるわけがない」

郷地は、案の定、冷静な反応を示した。

「しかし、偽情報なら否定はできるはずだ」

「あなたが言ったことは、本当のことではない。しかし、完全に否定するには、微妙な問題が存在するのです」

「それでは、僕が言ったことに真実が含まれることを認めることになる」

「いや、微妙な問題と申し上げた」

「なぜ、否定しない！」

「だから、微妙な問題が存在するのですよ」

僕の強い口調に、郷地の表情が初めて変わった。目が虚ろに漂う。自信に充ちた姿勢が揺らぐ。手が震えた。この変化は一体、どうしたことだろう。羽村から聞いていたイメージとは、ずいぶん違う。

「さっきのことをネタにあなたを強請った今村を、あなたは殺すように命じた」

「馬鹿なことを！」

「今村は、いくら出せと言った？」

「強請られてなど、いない」

「今村殺しを請け負った男たちは、僕も拉致した」

郷地が、僕を見つめた。

「私は法律を犯すようなことは、何もしていない」

「法律は犯していなくても、あなたは様々な罪を犯している。そう思うことはないのか？」

「何が言いたい？」

「あなたは、人間の命をどう考えているんだ。目的のためには、人の命など顧みない。そうじゃないのか？」

「どういう意味だ」

「戦前は、兵士を消耗品として扱った。敗戦の時には、満州にいた多くの民間人を見棄てた。今は、自分の所属する組織の利益確保の邪魔になるとしたら、簡単に邪魔者を排除させるんじゃないのか。あなたは命じるだけで、誰かが汚れ仕事を担当する。たとえば、関西の大きな組の経済ヤクザとか……」

「確かに私は、戦前、多くの兵士を死なせたが、それは祖国のためだった。戦後、私はシベリアでそれをつぐなった。私は多くの抑留者を救った。ソ連側と交渉してね。長い間、祖国に帰ることを夢見て、それを果たした時、私は祖国の現状に絶望した。私が多くの兵士の命を使い棄てにして守ろうとした国が、こんなものだったのかと……。だから、私は世界を相手に勝利したかったのだ。経済の世界でね。その目標は達成したよ。ただ、次の大きな目標が生まれた。それは、ずっと続く」

郷地は、ひと言ひと言をかみしめるように口にした。その姿からは、羽村が言った「不思議な魅力を持った人物」には思えなかった。過去に囚われた老人にしか見えない。小心なくせに誇大妄想に駆られた、愚かな権力者にしか思えない。かつては武力によって、今は経済力によって、権力を手にしようとしている。

今、郷地を動かしているものは妄執ではないのか。金を得ること、権力を手中にすること、あるいは己の過去を払拭できる何かを得ること……。僕にはわかった。郷地の錯乱じみた言動は、僕が突きつけた質問によって引き起こされたのだ。それは、彼にとって後ろめたい何かを呼び覚ましたのである。僕は車を止めさせ、ドアを開けて降りた。

★

男がひとり、行方不明になった。八月のことである。男の仕事はフリーライターだった。大手出版社が出す週刊誌に署名記事を書くほどだったから、業界では認められていた。しかし、ブラックジャーナリズムの世界でも男の名は通っていた。人によると、つかんだネタを記事にはせず、取引に使うこともあったという。ストレートに「強請屋」と言う人もいる。真偽はわからない。だが、危ない橋を渡ることがあったのは、事実だ。

行方不明になる前、彼はある取材メモを仕事仲間に託した。男は、ある商社とソ連との関係について調べていた。その商社の幹部役員は、ソ連抑留経験があり、今でもソ連との太い人脈がある。彼は、大穀倉地帯であるウクライナで収穫される小麦および穀物類を、ソ連から直接輸入する契約を結んだ。しかし、秋まきの小麦の収穫が近付いた今年の四月二十六日、チェルノブイリ原発事故が起きた。

チェルノブイリ原発事故については、ソ連の発表が遅れ、その後の情報も少なく、事故そのものの全容は解明されていない。現在に至っても、ソ連は事故の被害を過小に申告しようとしている節がうかがえる。八月にソ連は国際原子力機関（ＩＡＥＡ）に事故報告書を提出したが、その報告書の内容を疑問視する声は、世界の専門家にも多い。

チェルノブイリ原発事故について、ソ連の対応に不満を感じながらも、西側諸国の抗議に腰が引けているのは、ゴルバチョフ大統領による改革にブレーキをかけたくないがためである。そう推測するジャーナリストは多い。

ソ連国内には、ゴルバチョフの改革路線を苦々しく思っている守旧派が、まだまだ多く存在する。事故報告に対するソ連の対応に対して国際世論の矛先が鈍るのは、そういう背景が大きい。

しかし、男は原子力の専門家に取材したり、ソ連に近いところからの情報を得て、チェルノブイリ原発事故が一九七九年三月二十八日、アメリカ合衆国ペンシルベニア州スリーマイル島の原子力発電所で起こった事故を、大きくうわまわる事故であったことを突き止めた。スリーマイル島の事故でさえ、深刻な放射能汚染があった。それをうわまわる事故だとすると、被害はどれほどのものになるのだろうか。

男の取材メモには、事故の詳細、細かい汚染の状況なども書き込まれてあった。その専門的な部分は、男のメモを元に改めて国内の原子力研究者に取材したが、きわめて正確なものだという。その一部を引用する。

「今年の四月二十六日、午前一時二十三分、日本時間で言うと午前六時二十三分、ソ連のウクライナ共和国、首都キエフ郊外のチェルノブイリ原子力発電所の四号炉で原子炉の熱出力が急上昇し、原子炉が爆発した。原子炉の蓋が吹き飛んだということだ。一〇〇〇トンものコンクリートの塊だ。ものすごい爆発だったに違いない」

チェルノブイリ原発事故の一週間後、日本でも雨水から高濃度の放射能が検出された。その三日後の五月五日に新聞各紙が「ヨウ素１３１が日本に飛来」と報道した。日本の上空まで放射能が気流に乗ってやってきたのだとすれば、ソ連全土はもちろん、ヨーロッパも放射能で汚染されていると考えるのが普通だ。

ヒロシマ・ナガサキの原爆による影響は、今も続いている。同じようにチェルノブイリ原発事故の影響は、いつまで続くかわからない。さしあたっての問題は、環境汚染と食物汚染である。その部分については、男の取材メモに次のようにある。

「ポーランド政府は四月末に『ミルクを飲むな』という指示を出した。死の灰はポーランド上空まで広がり、汚染された草を食べた乳牛が出したミルクから、高濃度のヨウ素１３１やセシウム１３７が検出されたのだ。

セシウム１３７は、食物を通して人体に影響を与えるのだが、チェルノブイリ原発事故で放出されたセシウム137は、広島に落とされた原爆の五百倍になるという話だ。これらの情報が公開されれば、様々なことに影響が出るだろう。そのためソ連は報道管制を敷き、それをよいことに日本政府もほっかぶりをしている。

事故が起こったウクライナは、大穀倉地帯だ。ソ連の穀物輸出の大部分はウクライナの作物でまかなわれている。たとえば、ウクライナからのトウモロコシの輸出量は五〇〇〇万トン以上で、これはアメリカ、ブラジル、アルゼンチンに次ぐ輸出量だ。

日本のトウモロコシ輸入量は、年間に約一六〇〇万トンある。九割はアメリカからの輸入だが、不作でアメリカ産のトウモロコシでまかなえない場合、他の国からの輸入を検討せざるを得ない。実際、ある農林水産省の幹部は『ウクライナの潜在的な生産能力は大きく、近い将来、日本の調達先として考慮できる』と発言して物議を醸した。まだ、共産圏との貿易に関しては、政府レベルでは抵抗が強い。

問題は小麦なのだ。日本の小麦の年間消費量は、約六〇〇〇万トン以上になる。即席麺などが増えて、今後、ますます増加するだろう。しかし、その消費量の九割以上は輸入品に頼っている。ところが、国内の小麦農家を保護するために、輸入小麦を一旦政府が買い上げ、小麦農家への補助金分などを上乗せして政府売り渡し価格を決めている。

もちろん、その時々の小麦の国際相場で価格は影響される。そして、天候や国際情勢が相場には影響する。小麦を輸入するのは商社だ。その他の穀物も商社が輸入する。商社員たちは、海外で作物の買い付けに走りまわっているわけだ。

ウクライナの小麦は、秋まきのものが収穫直前にチェルノブイリ原発事故に遭遇したことになる。どれくらい汚染されたのかはわからない。しかし、たとえ汚染されていなくても、そんな小麦を誰が口にしたいと思う?」

男の取材メモを元に、改めて取材した。そこでわかったのは、ソ連の権益を巡る商社間の駆け引きである。いや、それはもう闘いと言っていいかもしれない。四月、サハリンの原油・天然ガス開発プロジェクトの権益を、ソ連との太いパイプを持つ幹部役員が在籍する商社ではなく別の商社が獲得した。将来的に莫大な利益を上げるプロジェクトだ。

続いて、日本の商社がしのぎを削って狙っているのが、アゼルバイジャンでの海底油田開発事業である。ソ連との太いパイプを持つ幹部役員が在籍する商社は、どうしてもこの権益を確保したい。その交換条件として、ウクライナの小麦や穀物類の輸入を契約したのだと消息筋は見ている。

したがって、ソ連との太いパイプを持つ幹部役員は、穀物輸入を中止させるわけにはいかないのだ。そのため、政府筋への根まわしや交渉、農林水産省の官僚たちの取り込みなど、消費者を無視した画策が続けられている。狙いは、輸入時の検疫基準を緩くすること、さらに厚生省による放射能の汚染検査を行わないことである。

しかし、それによって被害を受けるのは国民である消費者たちだ。放射能に汚染された食物を、政府のお墨付きで食べさせられるのである。

取材メモには、写真とビデオテープが添えられていた。今回の疑惑の中心人物と目される某商社幹部役員と、農林水産省の官僚である。そして、驚いたことに、ビデオテープには、その二人と思われる人物たちが厚生省の官僚に、輸入食物に対する放射能汚染検査をしないよう、交渉している現場が写っている。

これらの取材メモ、写真、ビデオテープを仕事仲間に託して、行方不明になったフリーライターは、一体どこにいるのだろうか。彼は、これらを元に疑惑の人物と直接交渉した節がある。彼の行方不明と、そのことの因果関係はわからない。しかし、一企業が莫大な利益を得るために政府までが同調し、それによって我々が「危険な食物」を口にさせられるかもしれない今、彼の出現を切に願う。

僕が書いた記事は「商社Gへの重大疑惑。ソ連からの輸入小麦は放射能に汚染されている?」と衝撃的なタイトルを付けられ、五ページにわたるトップ記事として、新聞社系週刊誌に掲載された。「チェルノブイリ原発事故による食物汚染の恐怖、そこには商社の陰謀が囁かれている。鍵を握る人物は、今どこに?」というサブタイトルも、新聞社系週刊誌にしては扇情的だった。

その記事の掲載に対して、圧力がかかったと担当編集者から聞いた。そのため、商社の企業名は出していない。しかし、「シベリア抑留経験があり、ソ連との太いパイプを持つ幹部役員」は、郷地を特定する書き方だ。郷地の経歴を知る人間なら、誰でもわかる。そう、郷地がどう出てくるか、そのための仕掛けだった。

しかし、ひと月が過ぎても僕の周囲では何も起こらなかった。

僕が身を潜めたのは、九月中旬だった。その記事が週刊誌に載ったのは、ひと月ほど後の十月十五日だった。それから十月いっぱいまで、僕は都内のビジネスホテルを転々とした。その間、仕事の連絡は「マルセイユ」に言付けておいてもらうようにした。もちろん盗聴を警戒して、僕は「マルセイユ」には電話をしなかった。

槇原はアルバイトの神田弥生に頼んで、三日に一度、僕宛のメモを新宿の喫茶店に届けさせた。そこで僕は神田弥生からメモを受け取った。その方法では、緊急の連絡は取れないが、仕事が進行している相手には、こちらから毎日定期的に連絡していたから、特に問題はなかった。

問題は、「マルセイユ」でゆっくり酒が飲めないことだった。気が付くと、僕の酒量は減っていた。ほとんど飲まずにビジネスホテルのベッドに横になることもあった。それなりに緊張していたのかもしれない。あの時、男たちは本気で僕を殺すつもりだったのか、わからなくなっていたが、それでも焼却室に落ちていった時の気持ちが甦ると、自然に汗が出た。夢に見ると、うなされて目覚めた。

記事が出て、十日以上経って何もなかった時、僕は、もういいや、という気分になった。それは、僕の記事が大きな反響を呼び、様々なマスコミが二次情報を流し始めたからだった。他の週刊誌が、別の視点で食物汚染について記事にした。主婦向けのテレビのワイドショーが「食の安全」について取り上げた。改めてチェルノブイリ原発事故の真相が注目された。

消費者団体も騒ぎ始めた。彼らは農林水産省食料安全管理課や厚生省に押しかけ、食の安全を政府として厳しく管理せよ、と訴えた。それらの行動がテレビニュースや新聞記事で流され、さらに国民の関心は高まった。僕が久しぶりに「マルセイユ」に顔を出した十一月初旬には、その流れはもう簡単にはつぶせないものになっていた。

その前日、僕は四十日ぶりに自分の部屋の鍵を開けた。家賃は振り込んであるし、大家は遠くにいて不動産屋が管理しているアパートなので、誰も僕の長期不在を不審に思うものはいなかった。郵便物は、数日に一度、槇原がやってきて整理し、必要なものはメモと一緒に神田弥生に託してくれていた。

自室に帰る時は、監視がないか必要以上に警戒した。僕は、自分のアパートとその周辺が見える場所にいて、一時間見張っていたのだ。そのうち、何だかバカバカしくなったが、アパートの外階段を昇って自室に入る時にも用心はした。しかし、誰も監視はしていなかったし、留守の間に誰かが部屋に入った形跡はまったくなかった。

僕の机の上は乱雑に散らかっているのだが、僕にしかわからないルールがあり、ウエイト、ペン皿、原稿用紙、その他のメモなど、少しでも位置やバランスが変わっているとわかるようになっていた。僕の部屋に入って、机を探らないやつはいないだろう。つまり、誰も僕には関心がなかったということだ。

なぜだろう。記事が出て、もう手遅れになったからか。郷地浩一郎の企みには、何らかの障害が発生することは間違いない。あれだけ騒がれたら、農林水産省も厚生省もどうしようもない。何らかの工作ができる状態ではなかった。そうなったら、僕になどもう誰も関心は寄せないかもしれない。報復されることは考えなかった。あの男たちは命じられただけ、雇われただけだ。僕に個人的に報復する理由はない。

そう考えると、ひと月ぶりに気分が晴れた。やはり、警戒しながら暮らすのは、精神的にはきついものがある。いつ、どこから、再びあの男たちが現れるかと、四六時中、気が張っていた。もう、痛い目には遭いたくないし、死ぬ思いをするのもイヤだった。それでなくても、一年前に受けた腕の傷と足の骨折の跡は、今でも時々疼いた。

「お久しぶりでした」

それが、槇原の第一声だった。数人の客たちが一斉に僕の方を向いた。にっこり微笑む者もいた。やあ、と片手を挙げる者もいた。普段、大して話してはいないが、みんな顔なじみだ。まだ、アルバイト中だった神田弥生が、樫村さんはここね、とカウンターの端のスツールを示した。世話になったね、と僕は神田弥生に声を掛けて、そのスツールに腰を下ろした。

「樫村さん、もう大丈夫ですか?」と、ワイルドターキーのボトルを取り出しながら、槇原が言った。

「たぶんね。ここまで火が広がったら、最初に火をつけたやつのことなんか、誰も気にしない」

「そうでしょうか?」

「だって、僕をどうにかしたって意味がないよ」

「仕返しは?」

「そんな次元で、この事件は動いていないよ。だって、厚生省の発表は全国ニュースで流れたろ」

「今日はニュースを見ていないんです」

「今日、厚生省が発表したんだ。今月から、ヨーロッパ全域から輸入される食肉、チーズなど十六品目を対象に、新東京国際空港、横浜港など全国四カ所の検疫所で放射能検査を始めるって……」

「たった四カ所ですか?」

「主要なところは押さえてあるよ」

「それでも四カ所でしょう。それに小麦は対象じゃない」

「それについては、農林水産省が対応するだろう」

「そうでしょうか?」

「厚生省の方は動いたんだ。農林水産省の対応もあるはずだ。そういう世界だよ。官公庁の世界は……」

槇原とそんな会話をした数日後、農林水産省独自の判断ではなく、政府判断でウクライナからの小麦および穀物類の輸入が全面禁止になったのだった。

あの男たちは、どこかへ消えてしまった。十一月が何事もなく過ぎ、十二月になって数日が過ぎても、何事も起こらなかった。その頃になると、僕には夏から続いた様々な出来事が、まるで夢の中で起こったことのように現実感を失っていった。自分が男たちに拉致され、殺されかかったことが、うまく理解できなくなっていた。

しかし、確かにあれは現実だったし、実際に僕は郷地に会い、その後、記事を書いたのだ。僕が火をつけた。それによってマスコミが騒ぎ出し、放射能汚染に対する国民意識は高まった。国も対応せざるを得ないところまで、追い込まれた。しかし、五代通商も郷地浩一郎も、何の痛手もこうむっていないかのように沈黙している。

十二月も押し詰まった頃、僕はあの産業廃棄物の処理工場を探してみた。レンタカーを借りてトラックに送ってもらったルートを逆に走り、利根川の橋のたもとの自販機が並んだ駐車スペースに車を止めた。そこを起点にして、僕は自分が歩いたと記憶している周辺を探索した。ススキはすでに枯れていたが、それだけに見晴らしはよくなっていた。それでも、僕が連れ込まれた産業廃棄物の処理工場は、なかなか見付からなかった。人家もあまりなく人に尋ねることもできなかった。僕は数時間、周辺を走りまわり、ようやくそれらしい廃工場の前に車を止めた。

予想以上に荒れ果てていた。あの時、少なくとも事務所の机には電話機があり、昼間はまだ人が働いているようにも見えた。僕は車を降りたが、廃工場の入り口には「関係者以外立ち入り禁止」の札がかかっていた。僕は、それを無視して塀をよじ登り、中に入った。確かに僕が連れ込まれた工場だった。

奥へ歩いていった。外階段を昇って入る二階の事務所が見えてきた。胸の鼓動が早まるのを感じた。あの日の緊張を思い出したからだろうか。あの日、僕は死を覚悟した。僕は外階段を昇った。事務所の窓が近付く。そこから中を覗いた。誰もいない。あの日は、男たちがポーカーをしていた。

事務所のドアを開けた。うっすらと埃をかぶった事務机が並んでいる。記憶にある通りだった。だが、机の上には何もない。僕は二ヶ月以上前の痕跡を探そうとしたが、何もなかった。あの時、電話が置かれ、事務書類のようなものが机の上に散っていた。

事務所から工場に通じるドアを開けた。雑然としたものが置かれているのは、変わっていない。高い天井だった。窓から光が入っていた。僕が放り出されていたあたりには、何もなかった。僕は事務所を出て、外階段を下りた。

焼却炉がある建物に入った。あの時、男は焼却炉を一瞬稼働させ、ベルトコンベアも動かした。無人の廃工場に、稼働できる業務用焼却炉をそのままにしておくだろうか。あの時のことが甦る。焼却室に落ちていく己の姿が見えた。

焼却炉のコントロールパネルの前に立ち、メインスイッチをオンにした。何の反応もなかった。

ベルトコンベアの稼働スイッチを入れてみたが、ベルトコンベアは動かない。それぞれのスイッチをオフにして、焼却炉の建物を出たところで、二人の男が立っていた。

「あんた、無断で入って何してる」

警戒心を丸出しにした中年の警備員が僕の正面に立ち、そう言った。もうひとりの若い警備員が棍棒を手にして、僕の横にまわろうとしていた。いつでも攻撃できる態勢を取っている。

「ああ、すいません。ちょっと下見を……」

「下見？」

「私、週刊誌のフリーライターなんです。今、廃墟の連載をしていましてね。それで、いろいろ探しているんですが、ここの工場がいいと聞いたものですから……。名刺、出します」

そう断ってから、胸のポケットに手を入れた。僕は名刺入れを取り出し、ある週刊誌の名前が入った名刺を一枚抜いた。正面の警備員に向かって差し出すと、警備員は体を近づけないようにして左手だけを伸ばし、名刺を受け取った。一応、それなりに名の通った週刊誌だった。

「廃墟の連載？　そんなもの、誰が見るんだ」

「廃墟ブームってご存じないですか？　今、写真集もよく売れているんですよ。うちの雑誌でも写真とちょっとした文章を付けて、連載を始めようということになりましてね」

「それだったら、きちんと断ってくれなきゃ困るよ」

警備員の声がいくぶん和らいだ。安心したのかもしれない。しかし、完全には警戒を解いていない。

「すいませんでした。駄目ならそのままでいいかって……、つい」

「とりあえず、ここは出てもらおうか」

警備員はそう言って、僕の左後ろにまわった。右後ろには若い警備員が付いている。僕は彼らを従えて、工場の門に向かった。

「いつも定期的に巡回しているんですか？」

「ああ、最近じゃ子供が勝手に入って怪我しても、訴える親がいるからな。もっとも、このへんじゃ子供はあまりいないがね。ホームレスが住みつくこともあるんだ」

「いつから、こんな状態なんですか？」

「もう三年になる。今は銀行管理だ」

「山本さん、いいんですか？　そんなこと話しても」と、若い警備員が言った。

「いいさ、これから身元調査をする。問題があれば、警察に引き渡すから」

工場の門は手で押すと開いた。警備員が鍵を開けたのだ。間違いなく、この工場を見まわっている警備員らしい。門を開けて外へ出ると、警備会社の名前が書かれたワゴンが、僕のレンタカーの後ろに駐車してあった。警備会社の車がなくならないと、車が出せないようにしてあるのだ。

「車の屋根に手を突いて、脚を広げてください」と、突然、若い警備員が言った。

山本と呼ばれた警備員は、少し後ろに下がり棍棒を手にして警戒態勢を取った。ここまで連れてくるので、警戒を解いた振りをしていたのか。僕は、言われたとおりの姿勢を取った。若い警備員が上半身から足首まで検査をする。

「特に何も持っていません」

「わかった。後部座席に入ってもらえ」

警備会社の車の後部座席は、パトカーと同じように前の席との間には金属ネットが張られ、ドアは内側からは開けられないようになっていた。そこでおとなしく座っている間に、山本という警備員は無線で本部に連絡し、僕の身元照会を依頼した。名刺の編集部に本部から連絡がいき、僕の身元を確認するのだ。

「工場のメイン電源は、入れていないんですね」

「当たり前だ。漏電でもしたら危ないだろ」

「ここは、何かに貸すことはあるんですか?」

「映画のロケに貸してほしいと言われて、二年ほど前に貸してから、時々、依頼がくるようになった。こういう場所を使うんだから、アクション映画ばかりだけどな。恋愛映画にゃ不向きだろ」

そう言って、山本という警備員は自分で笑った。

「九月十三日にも貸し出したことはありますか?」

その時、無線が山本を呼び出した。山本が応答し、本部の人間が僕の身元の照会ができたことを報告してきた。編集部に電話して、そちらにフリーライターの樫村という人間がいるかと訊けば、いると答える。一ヶ月に一度しか顔を出していなくても、いることはいるのだ。

「身元の確認はできました。もういいですよ。今度から無断で入るのはやめてください」

「山本さん、でしたね。お願いがあるんですが、九月十三日に、ここを借りた人間を知りたいんです。調べてもらえませんか」

山本が、じっと僕の顔を見つめる。外に立っている若い警備員が何かを感じたのか、警戒態勢を取った。山本がニヤリと笑った。

「本当の目的は、それだったんじゃないのかい。廃墟の取材なんて、嘘ついて……」

「廃墟が人気があるのは、本当ですよ」

「まあ、いいさ。週刊誌の記者さんだとわかったんだから、調べてあげるよ」

山本は再び無線のマイクを取り上げて本部を呼び出し、自分のスケジュール帳を見ながら「申請書を調べて、九月十二日から工場を貸し出した時の、申込人の名前と住所を知らせてほしい」と言った。ということは、僕を拉致する前の日からこの工場で準備をしていたということか。

「何か、事件に関係しているのかね」

「まだ、何もわかりません」

「隠さなくても……」

「隠しているわけじゃないんです。ああ、それとあの焼却炉は、メイン電源が入れば、まだ使用できるんですか？」

「あの焼却炉だけは、時々、使用しているんだ。別の廃棄業者に頼まれてね。だから、手入れができている。使用するときに連絡があり、我々がやってきて高圧電気設備のドアの鍵を開けて、メイン電源を入れると使えるようになる」

「九月の十三日は？」

「私がここのメイン電源を入れたのは、十二日の午後だった。レンタルは、十二日の午後から十三日いっぱいだ。十三日は土曜日で、別の人間の担当だった」

「その時、借りた人間には会ったのですか？」

「ワンボックスカーに乗った男たちが何人か。ヤクザ映画に出てくるチンピラみたいだった。Vシネマのロケだと聞いていたから、役者だと思ったよ」

その時、無線で連絡が入った。山本は本部からの連絡をメモして渡してくれた。職務上、問題はあるだろうに、案外、親切な男なのかもしれない。

山本が渡してくれたメモには、新宿二丁目のマンションの住所と「銀狼プロ」という名前と、電話番号が書かれてあった。僕は、レンタカーで新宿に戻り、車を返却してから、その住所を探した。その結果、わかったのは住所も社名も電話番号も、まったくのでたらめだということだった。

「どういうことでしょう?」

槇原は、大きな角氷をアイスピックで丸く削りながら、手元に目を向けたままそう言った。土曜日の九時過ぎだった。土曜日には、アルバイトの神田弥生もきていない。客も少なく、店を開けたり開けなかったり気まぐれだった。

僕は「銀狼プロ」がまったくの架空の会社だとわかった後、ブラブラと「マルセイユ」まできて、ネオンが点いていたので入ったのだった。客は、誰もいなかった。それでも、槇原は野球のボールのような球形の氷を作り続けていた。ストックを作っているのだろう。製氷室に入れておけば、溶けはしない。

「わからない。奴らの狙いがわからない。レンタルした場所で人は殺さないだろう、普通は……。あの焼却炉は、現役で稼働していたらしいけど。ただし、彼らは最初から僕を殺すつもりはなかったと考えてみた。脅すだけだった。昔のように」

「昔?」

「槇原さんには話していなかったけど、昔、同じ相手に同じようにコケにされたことがあるんだ」

「いつですか?」

「この商売を始めた頃のこと。やっぱり、今村がらみだった」

「因縁があるんですね」

「因縁ねえ。そうかもしれない」

すべては、今村が「マルセイユ」にきたところから始まっている。その今村は殺されたと、あの男は言った。血まみれの今村の免許証は、この目で確認した。だが、今村の死体を見たわけではない。

「何かがひっかかってる」

槇原が、アイスピックの手を止めて、僕を見つめた。

「何が気になるのですか？」

「僕の記事が出ても、五代通商も郷地浩一郎も沈黙を続けていること。あの男たちが消えてしまったこと。今村は殺されたらしいのに、確証が得られないこと……、要するに何もかも」

「五代通商と郷地浩一郎の動きは、表に出てこないだけかもしれません。男たちは雇われただけだとすれば、もう彼らの出番がなくなったのではないですか。それに、今村さんのことは、死体自体が出てくる可能性がない。そうじゃないですか」

「そう、だから、何もかも中途半端なんだ。今村の志を継いで、郷地の陰謀を潰したという実感がない」

「でも、ウクライナの小麦と穀物の輸入を禁止にしたし、厚生省は放射能汚染の検疫を強化すると発表しました」

「そう、でも、本当にそれは僕の記事が火をつけたからだろうか。もう少し調べてみたい気がする」

「どうするんですか？」

「まず、農林水産省の神林に会ってみる。本当は、郷地浩一郎との会見の後、彼に会うべきだったのだ。ただ、僕は郷地の言葉で今村の取材メモを信じてしまった。今となっては、早計だった気もするんだ」

「でも、チェルノブイリ事故については、専門家の意見も聞いて、今村メモが間違いなかったんでしょう」

「そう。それは間違いない。しかし、何かがひっかかるんだ」

「それは、何ですか？」

「あの男たちと今村の関係……」

六年前、僕が拉致され倉庫に放置された時、今村の登場は妙に劇的だったし、きちんと準備もできていた。ちくしょう、また、記憶が甦る。鮮明な屈辱の記憶……。

人を屈服させる、あるいは人につけ込むには、そいつが落ち込んでいる時が一番だ。「ふられたての女くらいおとしやすいものはない」と、中島みゆきも歌っている。先月末に書店に並んだ「中島みゆき全歌集」で確認した。「うらみ・ます」という歌だ。

恨んでいる。あの時のみじめな気分を、僕は忘れていない。あの時、僕は強がってはいたが、ひどく落ち込んでいた。そんな僕にとって、今村は救いの神だった。僕は今村の話を信じ、今村に感謝した。そんな時に、今村は僕をパートナーに誘った。それは、僕が今村の設定した試験に通ったからではなかったのか。

議員宿舎を見張る仕事も、今村の誘いだった。突然の拉致。脅し。放置。僕が弱ったところでの救出。誘い。あの時、僕は今村の話を信じるしかなかった。だが、僕は今村の誘いを蹴った。あの時、一瞬、僕は疑ったのかもしれない。あの拉致自体が、同じ世界へ入ってきたばかりの後輩への手荒い試験だったとしたら？

あの男は、今村のことを知っていた。今村は議員宿舎を見張っていて、別の何かを見たのかもしれないとほのめかしたが、その後、それらしいことは何もなかった。今村の現れ方も都合がよすぎた。今村なりの意地の悪い通過儀式だったのだろうか。甘ちゃんの新人に、業界の厳しさを教える儀式だったのか？

「あの男の正体はわからないが、暴力を生業にしているのかもしれない。そういう雰囲気の男だった。他の男たちもヤクザの下っ端みたいだった。頼まれて、人を殺すこともあるのかもしれない。でも、少なくとも六年前から、あの男は今村を知っていた。六年前の口ぶりでは、もっと以前から今村のことを知っているようだった」

僕は、そう言って槇原を見つめた。氷を削る手を休めて、槇原はじっと僕に顔を向けていた。僕の次の言葉を待っているのだ。ひげで囲まれた唇がへの字に結ばれている。

「もしかしたら、六年前、この業界に入り、今村に誘われて仕事をし、その時、同じ男に拉致されて倉庫に放置されたのは、今村が仕組んだことだったのかもしれない。教育と試験。ひどいやり方だけど、それくらいのことはやりそうな男だ。もし、そうだとすれば……」

「今度のことも、今村さんが仕組んだと言うんですか？」

槇原は、アイスピックの金属部分を逆手に持っていた。右手の拳から、アイスピックの先が数センチ見えている。その持ち方で球形の氷を削り出すのだ。

「そう。あの男は、僕に血まみれの今村の免許証を見せた。これ見よがしに……。今村を殺したと、僕に思わせたかったのだ」

「うがちすぎでは、ありませんか」

「うがちすぎ？　そうかもしれないけど……」

その時、別の客が入ってきた。槇原がうなずき、客は僕と椅子ひとつ置いてカウンターに腰を下ろした。

「年末はいつまで？」と、客が訊いた。

「週明けの二十九日の月曜日まで開けます。年明けは、五日の月曜日からの予定です」

槇原が答えた。それが、僕が槇原に会った最後だった。

翌日の二十八日、吉永小百合主演のテレビドラマ『夢千代日記』で僕が知った余部《あまるべ》の鉄橋を渡っていた列車が、突風に煽られて落下した。その三日後の大晦日、長崎の十九歳の少年が実弾の入った拳銃でロシアン・ルーレットを行い、『ディア・ハンター』のクリストファー・ウォーケンのようにこめかみを撃ち抜いて死んだ。一体、どこから実弾入り拳銃なんて手に入れたのだろう。

そして、一九八七年、昭和六十二年元旦のニュースは、田中角栄元総理の目白邸を訪れた竹下登自民党幹事長が、門前払いを食ったことばかり流していた。

6

僕は、目の前の現実を受け入れることができなかった。

あの時と同じだ。まだ小さな出版社に勤めていた頃、取材出張から一日早く帰った日、僕は自宅の鍵を開けた時から、奇妙な予感に襲われていた。大して広くないマンションの玄関を開けた途端、女のあえぎ声がかすかに聞こえ、廊下を進むにつれて大きくなった。そして、僕は寝室のドアを開けた……。

そう、あの時と同じだ。僕は、今、目の前に広がる現実を受け入れることができない。僕の目の前には、男が横たわっていた。その背中には、アイスピックが刺さっている。左の肩甲骨の横、ちょうど心臓の位置だ。

よほど強く刺したのか、アイスピックは根元近くまで男の背中に埋まっていた。細いキリのような刃が、骨の間をすり抜けたのか。柄は少し上向きになっている。誰かがアイスピックを持った手を高く上げ、勢いよく振り下ろす姿が浮かんだ。

店内の荒らされようがすさまじかった。ボックスシートのソファは切り裂かれ、中の綿が散っていた。カウンターとスツールはそのままだが、テーブルはひっくり返されていた。レジも開け放たれたままだ。カウンターの後ろの棚からは、すべての酒が床に落ちていた。中には、割れたものもある。

酒棚に並んでいた石原裕次郎のスチールが、カウンターの床で酒に浸かっていた。店内に様々な酒が混ざった匂いが立ちこめている。壁に掛かっていたポスターや額も床に散乱していた。リノ・ヴァンチュラ、ベルモンド、アラン・ドロンが僕を見上げている。スチールは、すべて額から取り出されていた。誰かが何かを探したのだとすると、額の裏にでも隠せるものだと思ったのだろう。

どれほどの時間、そのままじっと立っていたのか。僕は「マルセイユ」のドアを背にしたまま、何も考えられずにいた。カウンターとボックス席の間の床に男が横たわり、床に少量の血が流れていた。アイスピックのように鋭利なもので刺されると、傷口が小さいせいか、あまり血は流れないのかもしれない。

そのアイスピックには、見覚えがあった。槇原がずっと使っているものだ。槇原は、毎夜カウンターの中で、そのアイスピックを使い、大きな角氷から野球のボール大の氷を削り出していた。それをロックグラスに入れ、ウィスキーを注ぐ。丸い氷は溶けにくいのだ、と槇原に教えてもらった。

チャコールグレーのスラックスに、淡いグリーンのジャケット。グレーのスポーツソックスに、黒のローファーを履いている。「マルセイユ」のドアのそばに立ったままの僕に見えるのは、それだけだった。後頭部の髪は長く伸びている。僕には、男が槇原ではないのはわかった。槇原はもっと痩せているし、小柄だった。それに、グリーンのジャケットなどは絶対に着ない。

どれくらいの時間、僕はそうしていたのだろう。僕の頭はパニックになり、呆然としていただけだった。やがて、自分が次に取るべき行動を考えた。ドアの取っ手を拭って、そっと外へ出てアパートに戻ってしまうか。悲鳴を上げて飛び出し、最初にぶつかった人間に「人が殺されている。警察を！」と叫ぶか。

結局、じりじりと床に横たわった男のそばに近寄り、しゃがみ込んだ。ジャケットに染みこんだ血が乾き始めていた。間違いなく死んでいる。その時初めて、僕は丸窓からの光しかなく薄暗いのに気付いたが、明かりをつける気にはならなかった。明かりがついていれば、槇原がいると思って誰かが入ってくるかもしれない。

僕は何日も店を開かない槇原が気になって、まだ明るいうちにやってきたのだった。年末年始の休みを過ぎ、正月の八日になっても「マルセイユ」は暗いままだった。昨夜、僕はネオンが消えたままの「マルセイユ」の前に立ち、ドアノブを引いてみたが、その時は間違いなく鍵がかかっていた。

そして、九日になった今日、昼のニュースで僕は、厚生省がトルコ産のヘーゼルナッツが放射能汚染の基準値を超えていたため積み戻しを命じた、という発表を行ったことを知り、改めて「マルセイユ」にやってきたのだ。ドアノブをゆっくりまわすと、ドアは静かに開いた。

その結果、僕はトラブルに巻き込まれている。僕の前には男の死体があり、ドアノブには僕の指紋がはっきりとついている。それを拭って立ち去ると、問題を複雑にするだけかもしれない。だとすれば、死体を改めるべきだろうか。

男の肩を持って少し起こした。横顔が見えた。今村だった。僕は、その死体が今村であることを予想していた。それを確かめただけだ。驚きはなかった。しかし、なぜ今村の死体が、今、ここにあるのか、そのことがわからなかった。混乱した。あの男たちの言葉は嘘だったのだ。

ジャケットのポケットとスラックスのポケットを探ったが、何も入っていない。ジャケットの内ポケットを探るためには、死体を仰向けにしなければならない。僕は警察に連絡するかどうか、迷った。連絡をするのなら、死体を動かした説明をしなければならない。

僕は今村の死体を元のように戻して立ち上がり、カウンターの隅に置いてある黒電話の受話器をハンカチで覆って取り上げた。万年筆を取り出し、それで一、一、〇とダイヤルをまわした。

最初にやってきたのは、新宿署、通称・淀橋警察のパトカーだった。警官が二名、「マルセイユ」の外に立っていた僕を見付けた。僕は夜にきても店がずっと開いていないので、心配になって改めて昼間にやってきて死体を発見した、とシンプルな説明をした。警官がひとり店内に入り、しばらくして出てきてパトカーに戻り、無線連絡を始めた。

その後にやってきた私服の一団は、初動捜査を担当する機動捜査隊だったのかもしれない。紺色の制服を着た鑑識課員らしき一団もやってきた。路地の入り口には警察車両が連なり、近所から多くの野次馬が集まってきた。その間、僕は最初にやってきたパトカーの後部座席に閉じ込められた。内側からドアを開くことはできない。明らかに容疑者の扱いだった。第一発見者を疑え。鉄則である。

大勢の人間が「マルセイユ」に入ったり出たりしていた。その様子を、僕はパトカーの後部座席から眺めた。犯罪現場の保全のためにテープを張って、ひとりの警官が関係者以外の立ち入りを見張っている。僕は、それらを見つめながら、ずっと考えていた。なぜ、今村がここで死んでいたのか？

不意にパトカーの窓が叩かれた。見ると、ガラスの向こうに森本刑事の顔があった。苦虫を噛みつぶしたような顔だった。森本がドアを開けて、後部座席に乗り込んできた。ドアは、少し開けたままにしてある。

「また、おまえさんか。懲りねぇな」

「森本さん、担当になりそうですか」

「管轄内での殺しだ。嫌でも担当させられちまうよ」

「あの店の常連だったんですよ。マスターとは個人的なつきあいもあった」

「知ってるよ。おれも時々、一杯ひっかけて帰ってた」

「そうなんですか。お会いしませんでしたね」

「早番の時に、ちょっと寄るだけだったからな。おまえさんとは、時間帯が違う。それに、おれは、毎日、飲んでいるわけじゃない」

森本刑事とは出版社に勤めていた頃からだから、もう十年以上の付き合いになる。雑誌の仕事で最初に取材した時から妙にウマが合った。それ以来、時々は一緒に飲むような仲になった。

森本の対応はぶっきらぼうだが、その中にも僕に対する好意は感じられた。一年前、僕が家出した友人の妹の行方を捜していて、古い事件に巻き込まれた時も森本にはいろいろと世話になった。

「ところで、何があった。詳しくは署で訊くことになるがな」

「正月休みが終わっても、なかなか店が開かない。昨夜もきてみたが、誰もいないようだった。心配になって、改めて昼間にきてみたんです。そしたら、鍵が開いていて、あの有様だ」

「心配するようなことがあったのか?」

そう、あったのだ。今村が持ってきた封筒は、槇原に預けたままで「マルセイユ」の二階に隠してあった。僕の記事が出て、マスコミが騒ぎ出し、農林水産省や厚生省が公式に輸入禁止や放射能汚染の検疫を発表した後、もうあの封筒を探す人間たちもいないかもしれなかったが、僕の手元に置くよりは安全だと思ったのだ。

しかし、あの男たちは僕の次には、槇原を脅すようなことを口にした。それを槇原に告げ、警戒するように注意して、封筒も別の所に移そうと提案したが、槇原は、心配しないでいいですよ、といつもの口調で答え、そのままになっていたのである。今となっては、槇原を巻き込んでしまったことを悔いるしかない。

「あそこで死んでいるのは、今村彰という男です。商売は僕と同じフリーライター。時には『恐喝屋』にもなったらしい。つかんだネタを記事にするか、金になるところに売るかだけの違いですがね。去年の夏、今村からある封筒を預かった。自分から連絡が途絶えたら、開けてくれっていうアレですよ」

「誰かを強請ってたのか?」

「たぶんね」

「詳しいことを知ってるのか?」

「今村から連絡が途絶えた。それからしばらくして封筒を開けてみた。その中に書かれてあったことの裏を取って、僕が週刊誌に記事を書いた。それが去年の秋のことです。その結果、強請のネタそのものが消滅したはずなんだ。彼らがやってほしくないことを、僕がやってしまったんだからね」

「あんたが書いた、ウクライナの放射能で汚染された小麦・穀物の輸入スキャンダルか。あれは、五代通商のことだろう」

「そうです」

「しかし、連絡が途絶えていた今村という男が、なぜ、あそこで死んでいるんだ？」

「さっぱりわからない」

「それに槇原はどうした？」

「それも、まったくわからない」

「鑑識の連中が、カウンターの中で別の血痕を見付けた」

「槇原さんの血ですか？」

「わからん。調べてみんとな。それに、二階は一階以上に荒らされていた。よほど大事なものを探したのか。あるいは、探したと思わせるための偽装か」

「偽装？」

「可能性の問題さ。シンプルに考えるか、複雑に考えるかの違いだ。現実の犯罪は、ほとんどシンプルなんだけどな」

「これから署で調書を取られるんでしょう」

「ああ、そうなる」

「わかったら教えてもらいたいことがあるんです」

「おまえさん、いつもそうだ。捜査内容は簡単には漏らせないんだぜ。わかってるだろ」

「ふたつだけです。今村が殺された時間、カウンターの中の血痕の主。それが知りたいのです」

「ムシのいい野郎だ」

「お願いします」

森本は肩をすくめた。それは、いつものようにイエスの返事だった。僕は、軽く頭を下げた。

森本がパトカーを降りるのに続いて、僕も外へ出た。夕暮れが迫っていた。空に向けた顔を巡らせると、事件現場を取り巻いている群衆の真ん前に神田弥生の姿があった。僕の顔を見ると、口を開いて何かを言いたそうにした。僕はそちらに向かって歩いた。

「どこへいくんだ？　樫村」と、森本が言った。

「この店でアルバイトしていた女の子がきてるんです。ちょっと話を……」

「どの子だ」

僕は、神田弥生を指さした。神田弥生が不安そうな顔をした。僕は手を肩の横に挙げ、振った。神田弥生に笑顔が浮かぶ。

「アルバイトしていたのなら、話を訊きたい」

そう言うと、森本は僕と一緒に神田弥生の所にいき、警官に彼女を中に入れるように指示した。

「話が終わったら、彼女に店の中を見てもらいたいんだ。死体はもう運び出してある」

死体という言葉に、神田弥生が敏感に反応した。身を堅くする。森本が現場に戻っていった。

「大丈夫だよ。槇原さんじゃない」

「誰ですか？　誰かが殺されたって……」

「去年の夏、店にやってきた今村という男だ」

「今村さんって、週に一度、電話をかけてきた？」

「そうだ」

「なぜ、あの人が？」

「さっぱりわからんよ」

「槇原さんは、電話でよく話していたわ。店を開けたばかりで、暇な時間にかかってきていたから」

「槇原さんから何か聞いていないか？」

「何を？」

「ずっと店を開けていなかったし、どこへいったのかもわからない。もしかしたら拉致されたのかもしれない」

「年明けは五日からの予定だったの。私は、八日からでいいと言われていたのだけれど、一昨日の夜に電話があって『都合でしばらく休む。いつからきてもらうか改めて連絡する』って、そう言われたの。そしたら、今日、『マルセイユ』で人が殺されたらしいって、学校で耳にして……」

僕は、「マルセイユ」の入り口まで神田弥生を連れていき、森本刑事を呼んでくれるように入り口を固める警官に頼んだ。やってきた森本は、同僚の若い刑事に、店内を見て何か変わったことがないか見てもらえ、と指示を出した。

「もっとも、あれだけ荒らされてりゃ、変わったことばかりだけどな」と、神田弥生と僕に向かい森本は口をへの字にして肩をすくめた。

その日、取り調べを受け調書に押印して帰宅した時は、夜の十時を過ぎていた。何時間、警察署で取り調べられたのだろう。僕は今村の来訪、託された封筒、その封筒の中を見たこと、それを調べて記事にしたことは話したが、今村の別れた妻がきたこと、ヤクザらしき男たちに拉致されたこと、郷地と会ったことは伏せておいた。

それらを逐一話すと、よけいにややこしくなりそうだったからだ。封筒の内容についても、記事に使用したこと以外はうろ覚えだと通した。写真やテープの存在は話していない。

今村のメモにも具体的な社名や人物の名は出ていなかった、と突っぱねた。その封筒は、槇原の部屋からは発見されなかった、と取り調べの刑事は言った。彼は、僕が作り話をしているのではないか、と疑っていた。

だが、誰かが何かを探したのは明白だ。今村が殺されていたのだ。今村がらみで誰かが何かを探すとしたら、あの封筒以外には考えられなかった。では、あの男たちの仕業なのか。だが、男たちの言葉とは違い、今村は生きていた。一体、何が起こっているのだ。

7

「あんたに頼まれていたことが、ふたつある」

森本刑事は、電話の向こうでいつものように、もったいぶった声を出した。僕は、昨日見た「マルセイユ」の光景を甦らせた。今村の背中に深々と埋まったアイスピック、床に飛び散った酒瓶、ポスターやスチール、強いアルコールの匂い……。

「いいんですか。電話で」

「会ってる暇がない。それに、どうせ教えるんなら電話でも変わらない。今村の死亡推定時刻は、八日の午前零時から午前五時の間だ。発見まで時間が経っていて、そこまでしか特定できん。カウンターの床の血痕は、槇原の血液型と一致した。二階の部屋に槇原のたばこの吸い殻があった。それと、犯人は今村を殺してから家捜ししたらしい。今村の体の上にソファの綿が少しかかっていたが、死体の下にはなかった」

「指紋は?」

「おいおい、あんたに訊かれていた質問には答えたよ。おまけまで付けてな」

「おまけついでに、教えてください」

「槇原のらしい指紋以外には出ていない。暮れに大掃除して、きれいに拭き取ったんだろう。おまえさんの指紋はドアノブから出た。家捜しする気できた犯人なら、手袋くらい用意してるさ。それから、おまえさんが言っていた封筒は、やはり見付からなかった。犯人が持ち去ったんだろう」

「わかりました。ありがとうございます」

「何かわかったら、隠すなよ。きちんとおれには話してくれよ」

「森本さんには、話しますよ」

しかし、すでに森本に話していないこともある。もっとも、僕がすべてを話していないことを、森本も知ってはいる。僕がいずれ話すだろうと、森本はじっと待っているのだ。だとすれば、いずれ話さないわけにはいかない。しかし、話す時期は僕が決める。

森本の電話を切ってから、ベッドの端に腰を下ろした。僕は現実を受け入れようとしたが、なかなかうまく折り合いを付けることができなかった。今村が生きていたこと。もしかしたら、槇原が殺されているかもしれないこと……。

今村のことは、すでに死んだものだと思っていた。しかし、そう想像することと、目の前で死体を見るのとでは大違いだった。暮れに「マルセイユ」で、槇原と話したことが甦る。僕の推理は、当たっていたのかもしれない。僕を拉致した男と今村はグルで、僕は今村に操られていたのではないか。

槇原が血を流したことが確かだとすれば、死んでいる可能性がある。僕が巻き込んだのだ。狙いがあの封筒だとすれば、僕があれを預けたばかりに槇原は事件に巻き込まれた。

僕は、槇原のひげの目立つ顔を思い浮かべた。不機嫌そうに口を結んだ顔が甦る。グラスを磨いたり、球体の氷を作ったり、いつも手元は何かの作業をしていた。

僕は、立ち上がった。何を感傷に浸っている。生きているのか、怪我をしているのか、殺されたのか、どちらにしろ、誰かが槇原を連れていったのだ。だとすれば、槇原を探すのが今必要なことではないのか。

何者かわからないが、なぜ槇原を拉致したのだろう。犯人は封筒を手に入れられなかったのか。そのために槇原を連れていったのだろうか。もしかしたら、槇原は何かに気付いたのだろうか。あるいは、その犯人を知っていたのだろうか。

結局、どこから手を付けたらいいのか迷って、今村の仕事を洗ってみることにした。僕が、この世界に入る時に相談にいった編集部が、当時、今村が最も仕事をしていたところだ。七、八年前からの今村の仕事を遡ってみよう。僕を拉致した男と今村がグルだったとすれば、あの男と今村が知り合ったのは、今村の仕事上のことだったのではないか。仕事を通じて、今村には裏社会との接点もあった。

その編集部に顔を出すのは、一ヶ月ぶりだった。僕が最初に仕事をもらった編集者は、今は副編集長になっていた。僕は、副編集長の席にその男がいるのを確認して、近付いていった。彼は顔を上げ、僕を認めると、おう、と手を挙げた。

「今村さんの件、大変だったらしいな」と、椅子を回転させて僕の方を向き、そう言った。

「そうなんだ。まさか、僕が彼を発見するなんて……」

「でも、去年の夏から、一体どこで何をしていたんだ？　今村さん」

「それがわからない」

「今村さんには、まったく連絡がとれなかった。一度、スタッフを彼のマンションにいかせたのだが、夏から自宅には一度も帰っていないそうだ。管理人が困っていると言ってた」

「今村さんの身よりは？」

「昔、聞いたことがあるが、両親はもういないし、兄弟もいないらしい。付き合いのない親戚がいるくらいだろう」

「別れた奥さんは？」

「別れた奥さん？　聞いたことないなあ」

「凄い美人だった」

「会ったことあるのかい」

「去年の夏、今村さんを探して『マルセイユ』ってバーにやってきた。十年前に別れたと言ってた」

「十年前？　おれは今村さんと十年以上の付き合いだが、プライベートについては聞いたことがないからなあ」

「今村さんは、昔、かなり酒浸りだったと聞いたんだが……」

「酒浸り？　いつ頃までかな？　そんな話を聞いたことはあるが……、飲んでいるところは見たことがない」

「そうか……」

「ところで、『マルセイユ』って、今村さんが殺されていたバーだろ。そこへ、なぜそんな女が現れるんだ？」

「十歳の娘が亡くなって、今村さんに知らせたいと言っていた」

「そんな話があるのか。ちょっと、泣かせるな。なあ、その事件の記事、まとめてみないか」

「調べて全容がわかったら、検討するよ」

「仲間が殺された事件だから、書きたくないのか」

「いや、僕自身が関わっているからだ」

「わかった。書いていいと思ったら、連絡してくれ」

「ところで、今村さんが担当した記事を、遡って調べたいんだが……」

「彼がやっていたのは、単発ものばかりだ。何人ものチームで仕事をする人じゃなかったからな。だから、特集記事は外せる。連載もやってない。見開きから、大きい時は四、五頁の記事をひとりでまとめた。それから、彼の記事には、あるシルシがある。今村節だよ。独特の文体だ。あんたなら読めばわかる。資料室には連絡しておくから、じっくり調べるんだな」

僕は礼を言って、資料室へ向かった。何かを調べる時には、よく利用した部屋だ。そこには、その週刊誌のバックナンバーが揃っていた。自社出版物だけではなく、図書館ほどではないが、多くの資料も保存されている。

週刊誌は、年末年始、五月の連休、それに八月のお盆の時期は合併号を出すのが業界の通例だから、年間で五十冊は出ていないのだが、一冊一冊に目を通していくのは、かなり時間が掛かった。

それでも、チェックすべき頁は絞り込まれているので、効率は悪くない。今村が手がけた記事は、読むとわかった。扇情的な文体と、冒頭のつかみのうまさがあった。確かに、今村印が刻み込まれている。

これほどの芸がありながら、なぜ、今村は強請屋のようなことまでして、金をほしがったのだろう。やはり、娘の医療費が必要だったからか。そんなセンチメンタリストだったか。今村ほどのリアリストはいない、と僕は思っていた。

その記事は、八年前の十月第三週の号に掲載されていた。

その号のトップ記事は「KDD社長の密命か！　社員ふたりの密輸が判明」というものだった。それは、千数百万円にのぼる貴金属品を、三百万円としか申告しなかった、KDD社員ふたりが摘発された事件だった。そのふたりは社長の海外出張に同行し、社長より一日遅れで成田に帰着した。

その後、新聞が「KDDは、成田開港直後、東京税関成田支署に『我が社のしかるべき人物が通関する場合は、羽田同様フリーパスにしてほしい』と要請していた」と報道し、大騒ぎになった。社長が同行しての通関であれば、その貴金属品は摘発されなかったのである。会社ぐるみの密輸が疑われたのだ。

また、それらの貴金属類の用途が、政治家へのプレゼントであることが判明した。一ドル三百六十円の固定相場時代の料金据え置きのまま、国際電話の使用が急増し、KDDは莫大な利益を上げていた。それらの特権を維持しようと、郵政大臣や逓信族議員を中心にした政界工作をしていたことが明るみに出て、社長周辺のKDD内の人物ふたりが自殺する事態に発展した。

そんな大スキャンダルの影で、今村の書いた記事が光っていた。それは「日ソ文化交流協会の闇……某大物経済人がかかわる対ソ連民間外交の謎」という見出しが付いていた。その記事に添えられた写真に、あの男が写っていた。

男の背後には、小さな五階建てのビルがあり、ロビーに入るガラスドアに「日ソ文化交流協会」と目立たない文字が書かれていた。そのドアを開けて、ひとりの男がビルに入ろうとしていた。

あの男は、撮影を止めようと手を挙げていた。六年前、僕が初めて出会った時より一年分ほど若いが、間違いなくあの男だった。写真に付けられたキャプションによると、その男は「日ソ文化交流協会警備部長」と名乗ったという。

★

東京麻布のいくつか大使館がある閑静な場所に、その五階建てのこぢんまりしたビルはある。日中でも、ほとんど人は通らず、そこにそんなビルがあることは、あまり知られていない。

そのビルの入り口のガラスドアには「日ソ文化交流協会」と目立たないように書かれてある。人の出入りはあまりない。一階はロビーだけで、他は駐車スペースになっており、大型車が五台止められるようになっている。

ロビー脇に警備室があり、入館する人物を監視し、駐車場の警備も行っている。先日、そのビルの駐車場に黒塗りのセンチュリーが止まった。後部座席から降り立ったのは、経済界でよく知られた人物である。その人物が副社長をつとめる商社は、この協会の実質的スポンサーである。したがって、その人物がこの協会にやってくるのは、別に不思議ではない。

その三十分ほど前、やはりシルバーのメルセデス・ベンツが入ってきて止まった。その車から降りある。

たのは、現在、ソ連の文化使節として来日している、若き天才ピアニストとして名高い人物である。

そう、今やクラシック界の貴公子としてアイドル的人気まで出た、ウラジミール・ボンダルチュクである。

日ソ文化交流協会に文化使節のピアニストが現れるのは、何ら不思議はないと思われるかもしれない。しかし、ウラジミール・ボンダルチュクの父親がソ連軍の極東方面最高司令官であることは、あまり知られていない。もちろん、日本の公安警察は知っているはずだから、今回の来日中もウラジミールには何らかの監視が付いていると思われる。

さて、日本を代表する経済人とソ連のピアニスト、おそらくそのふたりが会合を持ったと思われるのだが、そこではどんな話が行われたのか。サインをもらっていたのかもしれない、そう目くじらをたてることもあるまい、と言う方もいるかもしれないが、現在の日ソ関係は、そうのんきなことも言っていられない状況になっている。

昭和三十一年の日ソ国交正常化以来、日ソ間ののどに刺さったトゲのようなものが北方領土問題である。その北方領土である国後、択捉に、ソ連が相当数の地上軍を新たに配置し、基地を強化しているのが判明したのは、今年の一月だった。日本政府はソ連大使を通じて抗議し、衆参両院でも基地撤去、領土問題の解決を促す決議が行われた。

しかし、これに対してソ連は一切受け付けず、先月になって、新たに色丹島にも地上軍を配備していることが判明し、日本政府は厳しい批判と申し入れを行った。さらに、今月二日には、山下防衛庁長官が、ソ連の国後、択捉島のミサイル配置、色丹島の兵力配置状況を閣議で報告した。

その一週間後、日ソ文化交流協会で日本の経済人と、ソ連軍極東方面最高司令官の息子であるピアニストが会合を持ったのだ。ピアニストは父親からのメッセージを伝えたのか、あるいはその経済人が何かの情報をウラジミールに伝えたのか？

さて、その経済人とは誰か。写真を見れば一目瞭然だが、残念ながら撮影は警備部長と名乗る男に阻止され、その人物の後ろ姿しか写っていない。彼は戦前、関東軍参謀として働き、戦後、ソ連に抑留された後に帰国し、某商社に入り、現在は副社長ながら、経団連でも重要なポストに就いている、ソ連との太いパイプを持つ某氏である。

その某氏は、北方領土に対する戦力増強問題で揺れる、この時期にソ連を訪れている。先月の二十四日から二十七日まで、モスクワで第八回日ソ経済合同会議が開催されたからである。

某氏も経済委員会の一員としてモスクワを訪れている。その会議は、シベリア・極東開発協力の共同声明を採択して閉幕したが、某氏が帰国したのは、その二日後である。

某氏が副社長を務める商社は某氏のパイプを利用して、昔からソ連との貿易を得意としてきた。日ソ国交正常化以前からのつながりがある。

そうした背景から、その商社の資金で日ソ文化交流協会を設立した。民間レベルでの文化交流を促進することを目的としているが、文化だけの交流ではないというのが、消息筋の話だ。

某商社は、この協会を通じてソ連の各界とのパイプを作ってきたのである。したがって、昔からこの協会は公安警察ソ連担当部門の監視対象になってきた。

この協会を通じて、情報のやりとりが行われているのではないか、と疑われてきたからだ。今回の某氏の動向も、また、ソ連軍極東方面最高司令官の息子との会談も、そういう疑惑を引き起こすのに充分である。

ただ、一方で某氏と現官房長官の仲は周知の事実だ。北方領土を巡ってきな臭い動きが展開されている今、政府筋が某氏がソ連に持つ幅広い人脈を頼りにすることは、想定できることである。

ピアニストとの会合の後、某氏を乗せた車は赤坂の某ホテルの駐車場に消えた。そのホテルでは、ある国会議員を励ます会が開催されており、官房長官も出席していたのである。某氏の動きから目が離せない。


不思議な印象の記事だった。思わせぶりだが、内実のない記事である。それでも読ませてしまうのは、状況証拠で周囲を固めているからだろう。

だが、肝心のこと、核心については何もわからない。一体、何を暴こうとしたのか。読者の想像を刺激するが、推測はしない。何かが起こっているのかもしれない、と読者に感じさせるだけだ。

誰かが、何かの目的のために書かせたのだろうか。わからない。どうとでも取れるような記事だった。八年前、北方領土を巡って、日ソ間は緊張関係に入った。だが、同時に、ソ連はアフガニスタン侵攻の準備を着々と進めていたのである。

ソ連は極東方面については日本の弱腰外交を見切ったのか、その年の暮れにはアフガニスタンに侵攻した。それは、ソ連が日本の動向について何らかの情報を取得したということだろうか。また、五代通商の名も郷地浩一郎の名も伏せたままであるのは、どういうことなのか。訴訟を怖れて名前を出さなかったのか。

週刊誌は、大手出版社が百万部近くも刷る商業雑誌である。利益を生むための商品だ。訴訟を怖れていては面白い記事は載せられないが、訴訟ばかり抱え込んでは商売に差し障る。そのバランスをとるのが、編集者の能力である。その編集者の配慮が働いたのかもしれない。

それにしても、あの男が日ソ文化交流協会の警備部長だったのは、意外だった。警備関係者だとすれば、それなりに強面である必要はあるだろうが、あの男が発散させていた匂いは、裏社会の人間特有のものだった。暴力が日常的に存在する世界を生き抜いてきた男の匂いだ。

もしかしたら、裏社会の人間が郷地に見出されて、警備部長をやっているのかもしれない。五代通商のような大企業であっても、暴力装置を持つ必要はあるのだろう。彼らにとっては、そんな人間を飼っておくくらいの費用は大したものではない。

だが、今村とあの男につながりがあるとしたら、この記事以降に何らかの関係の変化があったとしか思えない。この記事は一九七九年十月のものだ。その翌年の一月に大平正芳首相は、ソ連に対しココム輸出規制強化を表明した。

同じ年の二月には、政府は日本オリンピック委員会にモスクワ・オリンピック不参加を要請した。日本は、ソ連のアフガニスタン侵攻に抗議して、アメリカに同調したのである。

ソ連のアフガニスタン侵攻から八年、アメリカのベトナム戦争介入と同じように、ソ連は泥沼化したアフガニスタン戦線からの撤退を余儀なくされている。

アフガニスタン侵攻の失敗が、現在のゴルバチョフによるペレストロイカにつながったとも言えるのだ。ゴルバチョフの当面の課題のひとつは、いかにアフガニスタンから撤退するかである。

今村が、郷地浩一郎とソ連の関係を昔から追っていたのは知っている。だが、それはいつか変質してしまったのではないのか。追跡者が、いつの間にか獲物に同調し、取り込まれてしまったのではないか。

郷地浩一郎という獲物には、そんな懐の深さを感じる部分もあった。何でも包み込んでしまうような何か……。それを演じているのかもしれないが、独特のオーラは確かにあった。僕は、そこに妙な小心さを感じたが、羽村のように魅力を感じる人間もいる。

わからない。考えれば考えるほど、袋小路に陥っていく気がした。とにかく、日ソ文化交流協会を探ってみることだ。あの男が日ソ文化交流協会の警備部長だとしたら、槇原に近付く唯一の手がかりはそこにしかない。

僕は、資料室を出て編集部に顔を出し、副編集長に礼を言って、古い大仰な建物である出版社の玄関を出て石段を下った。

その車は、石段の下に停まっていた。外交官ナンバーである。車の中も治外法権だったかな、と僕は一瞬考えた。その時、その車が自分に関係あるものとは、毫ほども予想してはいなかった。だが、僕が石段を下りきる前に、その車の助手席のドアが開いて、ひとりの外国人が降り立った。背が高く、黒髪で、鍛えた体をしていた。ダークスーツに身を包み、えんじ色のネクタイをしていた。

その男が僕に近付いてきた。僕は見上げる形になる。

「樫村さんですね」と、男が言った。完璧とは言い難い日本語だが、外人特有の妙な抑揚はない。どちらかと言えば、関西弁のイントネーションだった。

その時、昔、聞いた話を思い出した。モスクワ大学で最初に日本語を教えた日本人が大阪出身だったために、以来、日本語学科には連綿と連なる関西弁の流れがあるというのだ。嘘だと思いながらも、どこかで僕はその話を信じた。

「少しお話があります。付き合っていただけますか？」

男は僕の返事を待たずに言葉を続けた。

「まさか、そのままどこかへ拉致されるのでは？」

「そんなことはしません。大使館の公用車できているんですよ」

「わかった」

僕が返事をすると、男は後部座席のドアを開けた。奥に男がひとり乗っている。僕は身を滑り込ませた。男がドアを閉め、助手席に乗り込む。同時に、運転手が車を発進させた。高級車だ。車内は静寂のままだった。こんな資本主義の代表のような高級車に乗っていていいのだろうか。

「突然で恐縮です。少しお話を訊きたいだけなのです」

後部座席の男が口を開いた。こちらは、完璧な日本語だった。声だけ聞いていれば、外国人だとは思わない。僕は男の方に顔を向けた。

大使館員らしく高級そうなダークスーツに黄色いシルクのネクタイをしている。典型的なロシア人のイメージを体現していた。四十半ばだろうか。僕は何となくスターリンの肖像を思い出した。口ひげを生やすとそっくりかもしれない。

「私はイワノヴィッチ・コマロフスキー。ソ連大使館の職員です」

「ソ連大使館の職員は、全員ＫＧＢだと聞いたことがあります。本当ですか？」

男は笑った。

「当たらずとも遠からず、という日本の言葉があります。実に日本らしいメンタリティを表現する言葉だと思います。中庸の美学ですね。その言葉を使っておきましょう」

「ソ連の人と話をするのは初めてです。前からひとつ訊きたかったことがある」

「訊きたいことがあるのはこちらなのですが、まあ、いいでしょう。何ですか？」

「モスクワ大学の日本語学科の授業は関西弁で行われているというのは、本当ですか？」

男は再び笑った。しかし、目は笑っていない。僕が茶化しているのではないか、馬鹿にしているのではないか、と疑っている目だ。しかし、僕は本当にそのことを知りたかっただけだ。男の反応を見たかったこともあるのだが……。

「そんな冗談が日本で言われていると聞いたことはある」

「事実じゃないんですね」

「日露戦争の頃に、ロシアで活躍した日本軍人のスパイがいましたね。司馬遼太郎の『坂の上の雲』にも出てくる。その頃から日本語を話すロシア人はいたんですよ」

「司馬遼太郎を読むのですか？」

「あなただってドストエフスキーやチェーホフを読むのでは？」

僕は、一瞬、言葉に詰まった。

「そんなことは、まあどうでもいいでしょう。肝心な話に入りましょう。あなたは、昨年、週刊誌に記事を書いた。我が国に関係する記事だ。それによって、各方面に少なくない影響がいくつか出ました。そのことについて伺いたいのですよ」

「少なくない影響？」

「我が国にとっては多大な影響です。現在の我が国の状況は、よくご存知のはず。政局は混乱し、対立は深化し、世相は混迷しています。おまけに原発事故。さらに穀物類の輸出禁止……、経済は壊滅的です」

「ずいぶん率直な言い方をするんですね」

「つくろったところで意味はありません。建前でやっていけないから、ゴルバチョフ大統領は苦しんでいる」

「あなたは、ゴルバチョフ派？」

「改革派と守旧派の対立はどこにだってあります。自民党の中にもね」

車は、大通りを法定速度で走っていた。どこかの目的地へ向かっている雰囲気がない。

「ところで、どこへ連れていかれるんですか」

「どこへも。都内を少しドライブするだけです。その間に、あなたに必要なことを教えていただくつもりです」

「必要なこと？」

「あなたが知っていることです。今回の記事を書くことになった最初からのこと」

「ニュースソースは、明かせません」

「それ、建前です。私たちは、おおよそのことを推察しています。確証はないが、おそらく推察は当たっています。だから、あなたはイエスかノーを言うだけでいい」

「拒否すると、ＫＧＢの秘密のセーフハウスに連れ込まれて、拷問ですか？」

コマロフスキーはかすかに笑った。失笑したのかもしれない。僕がしつこくステレオタイプなＫＧＢエージェントのイメージで対応するので、笑いたくなったのかもしれない。

ハリウッド映画におけるナチスやＫＧＢは、どれも代わりばえのしない描かれ方だ。それが、人々のイメージを規定している。僕としては、そのワンパターンな印象を崩そうとしたのだが、コマロフスキーには通じなかったようだ。

「ウラジーミル・クリュチコフという人物がいます。ＫＧＢ議長から書記長になり病に倒れたアンドロポフの補佐官だった人物で、現在はＫＧＢの第一総局長、近いうちにＫＧＢ議長になると目されています。おそらく、彼は近い将来、ゴルバチョフの政敵になるでしょう。二年ほど前、チェルネンコ書記長と五代通商の郷地浩一郎が非公式に会った時、この人物が立ち会っています。つまり、郷地浩一郎のソ連コネクションは、守旧派が中心だったのです。あなたの今回の件、郷地浩一郎が密接に関係していませんか」

僕は、何も答えられなかった。いきなり郷地の名前を出されたのは驚いたが、コマロフスキーの狙いがまったくわからない。改革派と守旧派が対立しているとしたら、コマロフスキーはどちらなのだ。それに、ＫＧＢエージェントでないとしたら、対立する何らかの組織の人間なのだろうか。

「どうやら『イエス』のようですね。今回のことは、郷地浩一郎が改革派と守旧派の板挟みになり、窮鼠猫を噛んだ仕掛けのようです。あなたに、今回の情報をもたらせたのは、今村というジャーナリストじゃありませんか」

「あなたは、何を知っている？」

「今村は日ソ文化交流協会を通じて、郷地浩一郎と関係ができました。郷地機関という言葉を聞いたことはありませんか?」

「ある。噂だ。郷地は否定している」

「そう、明確な郷地機関という組織は存在しません。しかし、似た組織はあります。戦後、GHQの補佐をする日本の民間機関として発足した組織です。当時から裏社会ともつながっている。現在は、日本のエスタブリッシュメントたちのために様々な活動をしています。郷地浩一郎は、その組織を使える立場にあります」

「郷地浩一郎には、ソ連のスリーパーだという噂もある。逆の立場じゃないのか」

「郷地はプラグマティストです。思想に染まる人間じゃない。彼は戦前の軍閥のコネクションも大いに活用しました。戦争に負けても軍人たちのエリートグループは存続していました。彼らは日本の再軍備を画策し、GHQ参謀第二部、いわゆるG2の部長ウィロビーと接触しました。ウィロビーは日本の治安維持と我が国ソ連や日本共産党の情報収集のために、旧軍人たちのグループを使ったのです。朝鮮戦争が起こり、その一カ月後にマッカーサーは警察予備隊結成の指令を出しました。旧軍人たちは、その警察予備隊に採用されるはずでした」

「待ってくれ。後に自衛隊になる警察予備隊は、結成当時、旧軍人、特に戦争を指導した人間たちの採用は制限したはずだ」

「そうです。GHQの民政局が反対しました。その結果、ウィロビーに協力する民間機関として残り、先ほど言ったように現在も継続しています。郷地の上司でノモンハン事件当時に関東軍の主任参謀だった星という男がいます。革命後間もない我が国の戦力を過小評価し、日本側に多数の戦死者を出した直接の責任者ですが、卑劣な手段で戦後まで生き延び戦犯指名も逃れました。彼がウィロビーと結びついていました。そこへ郷地がシベリアから戻ってきた。彼らは、ソ連コネクションを作った郷地と結びついたのです」

「つまり、郷地は今でもその組織とつながっている？」

「ええ、彼は、目的のためには共産主義とも手を組むし、資本家たちの先兵ともなる。旧軍閥ともつながる。だから、我が国も郷地をうまく利用してきたのです」

「しかし、ソ連内部の混乱で、今までのコネクションが使えなくなったということか」

コマロフスキーが睨むような視線を向けた。自分が母国の状態を口にするのはいいが、他の国の人間に指摘されたくはないようだ。改革派と守旧派という単純な対立だけではないのだろう。

「郷地は五代通商が莫大な利益をあげるプロジェクトのために交換条件を出したが、原発事故でそれが適わなくなった。だから、国によって強制的に輸入不可能にしてもらう方法を考えた。そうでなければ、約束した相手に言い訳ができない。そのためには、自分がやっている裏工作をある程度リークしなければならない。リークさせる人間として今村を選んだが、今村と郷地の関係は一部では知られている。だから、今村は郷地と何の接点もないあなたを選んだ。あなたを動かすために、いろいろ小細工をした。違いますか？」

何も答えられなかった。そうなのかもしれない。

「あなたは、郷地と頻繁に会っているという話を聞いた。郷地に直接、確認すればいい。あるいは、あなたは郷地の仲間かもしれない。僕に今のようなことを話し、僕がどこまで知っているか確認しようとしているのかもしれない……。イエスと言えば、口をふさがれる危険もある」

コマロフスキーが僕を見つめた。僕の真意を見極めようとしているのか。

「確かに、郷地とは昨年には何度も会った。彼が面会を求めてきたからだ。今までのルートじゃなく、私に話を持ってきた。しかし、それもチェルノブイリ事故が起こって事態は急変した。郷地は、窮地に立たされた。彼の計画は頓挫しそうになった。誰も、あの事故を予測することなんかできなかった。だから、やむを得ず『約束が守れない』状態を作り出したかったのだ」

「あなたがそう想像するのなら、そう判断すればいい。今村が僕に話を持ってきたことを確認できれば、あなたの想像は証明されるのじゃないのか」

「そうですね」

「では、なぜ、誰が、何のために、今村を殺した？」

「それがわからないのです。何のためなのか、どうして記事が出た後になって殺されたのか……」

「今村は、自分を死んだことにしたかった。僕に記事を書かせるためだとしても、死んだら生き返れない。なぜだ。存在を抹殺したかったのか。それとも、そこは曖昧にしておきたかったのか」

娘のためにに大金がほしかったのか。本当にあの女は今村の別れた妻だったのだろうか。今村の昔のことは誰も知らない。あの女の言葉を信じるなら、今村が金の亡者になったのは、娘のためだった。しかし、情報のリークそのものが仕組まれたことだとしたら、あの女はどういう役割だったのか。

「大金を手にして、海外へでも移住するつもりだったのかもしれませんね」

コマロフスキーがつぶやくように言った。コマロフスキーも今村の身辺は調査していないのだ。

「郷地からの謝礼か？　一生遊べるほど出るのかい？」

僕に記事を書かせるために殺されたことにしたとして、今村はそのまま行方不明になりたかったのだろうか。別の人間になって生きる。あるいは、日本を棄てて遠い国で余生を送る。

どちらにしろ、相当の大金を手にしないとできない相談だ。五代通商や郷地が背後にいるのなら、それくらいの金は用意できるだろう。しかし、なぜ、今になって殺されねばならなかったのだろうか。どう考えてもわからなかった。

8

記事にあった通り、麻布の人通りの少ない閑静な場所に、そのビルは建っていた。建ったのはずいぶん前のようだが、手入れが行き届いている。エントランスのガラスもきれいに磨かれていた。あの記事の写真は八年前のものだったが、まったく変わっていなかった。

一階に大型車が五台駐車できるスペースがあり、ガラス張りのエントランスがある。ガラスドアから受付が見えた。楕円形のカウンターになっている。その奥が警備室になっているのだろう。カウンターには誰もいなかった。小さなベルと受話器が置いてある。

僕はエントランスの前に立った。ガラスドアに小振りな字で目立たないように、「日ソ文化交流協会」と書かれている。シルクスクリーンだから、文字が盛り上がっている。周囲に溶け込むような地味なビルだが、細部にも金をかけていた。

見わたすと、監視カメラがあった。左右に二台、死角をなくすようにレンズが向けられている。右側の監視カメラのレンズを見つめた。誰かがモニターを見ているのは間違いない。何となく、あの男のような気がした。しばらく、そのまま立っていた。

男が受付のカウンターの奥にあるドアを開けて姿を現した。カウンターの横からロビーに出てくる。そのままエントランスを横切り、ガラスのドアを引いた。

「何か、ご用ですか。樫村さん」と言って笑った。

あの男だった。

「槇原をどうした。どこにいる?」

「槇原さん?　ああ、バーのマスターですね」

「そうだ。あんたは槇原に手を出すと言っていた」

「脅しですよ、単なる。何もしちゃいない。まあ、こんなところで話すのも何だ……、入りませんか」

男は身を引いた。僕はロビーに入った。壁にロシアのイコンが等間隔で掛かっていた。全部で五枚だ。それだけでロシア文化が漂う気分になるから不思議だった。反対側の壁には五十号ほどの大きさのシャガールが飾られていた。本物かもしれない。

高倉健が主演した『冬の華』という映画を思い出した。もう九年も前の映画だが、主人公のヤクザを可愛がる組長が美術愛好家で、やたら「シャガールはいいぜ」と子分たちに言う。子分のひとりは「そうですよね」とうなずいた後、「絵の具がこんなに塗ってありますもんね」と絵の具の厚さを人差し指と親指で示す。

「何がおかしい?」

男が僕に言った。自然と頰がほころんでいたらしい。

「昔の映画を思い出したんだ。シャガールがギャグのネタになっていた。このシャガールは本物かい？」

「『日ソ文化交流協会』を名乗っているんだ。複製を飾るわけにはいくまい」

大した資産だ。これくらいのビルなら、いつだって建てられる。感心している僕を無視して、男がエレベーターのボタンを押した。三階に留まっていたエレベーターが下がり始めた。ランプが点灯し、エレベーターのドアが開いた。

男が「乗れ」というように顎で示した。エレベーターの奥の隅に立つ。男が乗り込んできて、五階のボタンを押した。静かにドアが閉まり、小さく音楽が流れた。「ステンカ・ラージン」だった。

五階に着き、ドアが開く。僕はもう少し「ステンカ・ラージン」を聴いていたかったが、男に促されて廊下に踏み出した。後から出てきた男が、廊下を先に歩いていく。毛足の長い絨毯が敷いてある。外観よりずっと金のかかった建物だ。

一番奥のドアも一枚板の重そうな木で造られていた。男がノックをせずに開ける。誰もいなかった。十メートル四方のスクエアな部屋だ。飾り窓が南側にふたつあり、東と北側の壁にイコンが一枚ずつ掛けられていた。中央に低いテーブルがあり、向かい合う形でソファが三脚ずつ置かれていた。

「座れ」と男が言い、僕は腰を下ろした。

「応接室かい」

「重要な客のためのな……」

「八年前、ウラジミール・ボンダルチュクも座ったのか」

「ああ、そこに腰を下ろしていたはずだ」

「郷地浩一郎が相手か？」

「さあな、おれは立ち会わなかった」

「今村も、ここに座ったのか？」

「あいつは、ここで話をするような相手じゃなかった。金のためなら親でも売りかねない奴だった」

「事情があったのかもしれない」

「誰にだって事情はある。ただし、度が過ぎた欲は身を滅ぼす」

「あんたたちが殺したのか？」

「まさか……。おれたちは時には暴力を使うが、意味のない殺しはしない」

「脅すのが仕事か？」

「人を思い通りに動かすには、恫喝が一番効く。人を支配するには、恐怖が最も有効なんだ。もっとも、一時的なもんだがね。恐怖の支配は、長くは続かない。時間が経つにつれて人は馴れる。そのうち、反発する人間が出てくる。中には、最初から恫喝が効かないあんたのような人間もいて、手間をかけなければならないこともある。恐怖より、自尊心をなくす方が怖いタイプだな」

「それは、僕を脅し、反発させて、今村の持ち込んだネタを元に記事を書かせたことを言っているのか。僕は、あんたたちに踊らされていた？」

「あのネタは、本当のことだったんだぜ。あんたのジャーナリストとしての信用は失わない。むしろ評判は高まるはずだ」

「本当のことだったにしろ、いろいろ仕組んだじゃないか。女を使ったり、今村の娘を死なせたり……」

男が怪訝そうな顔をした。

「ちょっと待て。何のことを言ってる？」

「今村の別れた女房というのがやってきた。今村には、生まれながら重度の心臓病の娘がいたと言った。その治療費を稼ぐために、今村は金の亡者になった。だが、今村が行方不明になった後、娘が死んだ。その娘の死を今村に伝えたい。そう言ってきた」

「信じたのか？」

「疑う理由はなかった」

男が笑った。

「センチメンタリストだな、あんた。そうとわかっていたら、別の嵌め方もあったな」

「あんたは暴力しか使えないマッチョ野郎だよ。七年前だって同じだ。あれは、今村が仕掛けたことだったんだろ」

「いつ、気付いた？」

「今村が殺されてからだ。あんたは今村の口を封じたと言っていたが、それはみんな仕掛けられたことだった。僕を踊らせるためにね。あんたたちと今村はグルだ。だとしたら、七年前のことも同じだと類推できる……」

男が顔を伏せた。何かを迷っているような仕草だった。やがて、口を開いた。

「今村はスキャンダルの張本人の議員に、こう持ちかけた。『若い駆け出しのジャーナリストがスキャンダルのネタを掴んだようだ。議員宿舎の近くで、あんたを張ってる。血気にはやっていて、やる気満々だ。おれが排除してやる。今後も、あんたには触らないように約束させてやるよ』とね……。もちろん、法外な謝礼を要求した。あんたに話を持ちかけてから思い付いたのかもしれん。どちらにしろ、議員に見せるために、おれたちに襲わせた。簡単な仕事にしては、いい金になったぜ。今村は、同時にあんたを試した。口を割らなかったあんたのことを見込んでいたよ。だから、今度の仕掛けのターゲットになった。もっとも、あんたには屈辱しか残らなかっただろうがね」

僕はじっと座っていた。何も答えなかった。金に汚い今村は、心の底から汚い男だった。金のためには、何でもする。騙しやすい新人を陥れる。不意に体の奥底から、何かがせり上がってきた。熱い、マグマのような熱を持った何かだった。次の瞬間、僕はテーブルを飛び越えて、男の胸ぐらをつかんだ。

そのまま馬乗りになった。右手が男の頬をえぐった。僕の右手の動きに沿うように、男が顔を振った。ダメージを最小にするための動きだった。だが、とっさにそれだけの動きができる男が、なぜ易々と僕に殴られたのか。僕は、もう一度、力なく男を殴った。

その時、部屋のドアが開いた。その音で僕は振り返った。男は僕に組み伏せられたまま、何の反撃もしなかった。ドアを開きノブをつかんだまま驚いた表情で立っていたのは、郷地浩一郎だった。

「樫村さん、放してやってもらえませんか」

僕と男の顔を見ていた郷地が、落ち着いた声で言った。僕は立ち上がった。男がソファに身を起こした。僕は元のソファに戻り、郷地が正面のソファに座った。男がひとつ位置をずらす。

「郷地さん、ずいぶんタイミングよく現れましたね」

「仙頭くんから連絡をもらったのでね。あなたがここへきていると……」

男が郷地に顔を向けた。仙頭とは、この男のことなのだろう。

「もう僕の役割が終わったから、何を知られてもいいと……」

「いや、そうではありません。あなたに今回のことを沈黙してもらうためには、お話をして納得してもらわないといけないと思って参りました」

「沈黙?」

「あなたがここへきたということは、今回のことがどういうことだったか、少なくともあなたは気付いた?」

「どういうことだったんですか?」

「その辺は、もうご存知でしょう」

「あなたは、僕が車に乗り込んでも拒否しなかった。それも筋書きのひとつだったからだ。誰かがシナリオを書き、僕が踊らされた」

「あなたの記事のおかげで、私は日本中の憎まれ者だ」

「憎まれ者にならなければ、あなたの今までのソ連人脈が納得しない。あなたにとって致命的と思える記事でなければ、彼らはあなたがリークしたと疑う」

「そんなことを含めて、すべて沈黙してもらえますか?」

「その前に槇原の居所を教えてもらおう」

郷地がじっと僕を見つめた。その視線を受けて、僕は睨み返した。

「槇原が無事でなかったら、僕はすべてを明らかにする」

仙頭が郷地を見た。どこか狼狽した感じがあった。槇原は、すでに死んでいるのか?

「なぜ、槇原さんの居所を私が知っていると思うのです?」

「他に考えられない。誰かが今村を殺し、槇原を連れていった。彼は血を流していたかもしれないのだ」

「槇原さんは、あなたにとってどういう人ですか?」

どういう意味だ。

「酒場のマスターと客だよ。いなくなれば、ひどく困る。あの酒場は気に入ってるんだ」

「槇原さんは無事です。私が保証します。あの人は日本にいられなくなった。だから、遠い国へ出ました。あなたに伝言を頼まれました。『ギュと同じ羽目になりました。アデュー・ラミ』……そう伝えてくれと。私には何のことか、まったくわかりませんでしたが」

ギュはフランス中の官憲に追われて海外へ逃げようとしていた。しかし、己の名誉を守るために隠れ家を出てギャングたちを襲い、撃ち合って死んだ。槇原がギャングたちを襲う羽目になったとは考えられない。だとすれば、海外へ逃亡しなければならない羽目に陥ったのだろう。

「なぜ、槇原の消息を知っている。今村殺しに、あんたは関係しているのか?」

「今村さんの事件とは、まったくの無関係です」

「なぜ、槇原さんはあんたを頼った?」

「槇原さんは窮地に陥った。それで、私に救いを求めてきた。もちろん、彼には切り札があり、私は彼を助けざるを得なかった。だから、ある筋に話を通したんです。むずかしい相手でしたが、何とか納得してもらいました。槇原さんは、その協定を確認すると、自分のコネクションを使って海外へ出たのです」

「どんな窮地だ？」

「槇原さんの昔を知っていますか？」

いや、何も知らない。妻と娘が同じ日に死んだことしか僕は知らない。

「槇原さんは関西で相場師として名を売った。槇村新吉という名前でした。やがて、裏社会とつながりができて、ブラックマネーを動かすようになった。六年ほど前、槇原さんは彼らに大損をさせてしまった。十億という額です。彼らは容赦しません。奥さんと娘さんが死にました。表向きは自動車事故です。槇原さんは東京に逃げ、身を隠していた。しかし、彼らに見付かってしまった」

「そこで、今村から預かっていた封筒を切り札にして、あなたに交換条件を出したということか。あなたは裏社会にも強いコネクションがある」

郷地浩一郎がうなずいた。あの封筒は、槇原が持って逃げたのだ。そうすると、今村は槇原を追う裏社会の人間たちによって殺されたのだろうか。槇原が抱えていたトラブルの巻き添えになったということか。

しかし、あの「マルセイユ」の状態は、誰かが何かを必死で探したような有様だった。探すとすれば、あの封筒だ。あの封筒を取り戻したいのは、郷地浩一郎のはずだった。しかし、郷地に対立する誰かが、郷地への切り札になる封筒を探したとも考えられる。

「あの封筒が、あなたにとって切り札になるということは、あの中の何かがあなたの計画を暴くことになるからだ。今度の一連の騒ぎが、あなたのシナリオだったとわかってしまう何か……」

「ご想像におまかせします」

不意に傲岸な言い方になった。本性が現れたのかもしれない。

「破綻のない完全な計画を立てたはずじゃなかったのですか？　郷地参謀閣下」

郷地が背を伸ばした。僕を見た目は、先ほどまでの余裕をなくし、傲岸さを顕わにした敗残者のものだった。この男は、日本が戦争に負けたことを、まだ認めていないのかもしれない。どんなことであれ、自分が失敗することを認めたくないのだ。こんな人間を相手にしたところで、意味がない。


郷地と仙頭と呼ばれる男を残して部屋を出た。エレベーターに乗ると、また音楽が小さく流れていた。今度は「ともしび」だった。僕としては、アップテンポの「ポーリュシカ・ポーレ」を聴きたい気分だった。

槇原について、郷地は嘘を言っていない。「ギュと同じ羽目になりました」という伝言は、間違いなく槇原のものだ。だとすれば、郷地が言った話も真実に思える。関西の闇社会から逃れるために、郷地の力を利用したのか。

あの封筒が、そんな風に役に立ったのなら、僕としては何も文句はない。目の色を変えて探している奴らもいるが、僕にはもう何の価値もない。郷地が封筒を取り戻したがる理由は想像できた。おそらく、あの8ミリビデオに秘密がある。

ビルを出ると、また、あの背が高く、黒髪で、鍛えた体をしているロシア人が待っていた。ダークスーツとえんじ色のネクタイは、先日と同じだった。ずっと身に着けているのか、あるいは同じスーツとネクタイを十セットほど持っているのかもしれない。

「車はどこに駐まっている?」

相手が口を開く前に、僕は訊いた。男がニヤリと笑った。彼の後についていくと、先日と同じ車に、先日と同じイワノヴィッチ・コマロフスキーが乗っていた。僕は後部座席に身を滑り込ませた。案内役の男が乗り込み、運転手が車を出した。

「郷地と会いましたか?」

「あんたは郷地を尾けていたのか」

「先日の私の話が確認できましたか?」

「沈黙を約束させられた」

「守るのですか?」

「友だちの命がかかっている」

「槇原さん?」

「郷地は槇原にほしかったモノの保管を約束させ、僕には槇原を人質にした。僕が沈黙を守り、今回の一件を忘れてしまえば、槇原はどこかで安心して暮らせる」

「今村さんは？」

「死んでしまった人間だ。元々、彼には何の義理も借りもない」

「むしろ、貸しばかり……」

僕は苦笑いをした。そう、貸しばかりかもしれない。取り立てる前に殺されてしまった。だが、誰が何のために殺したのか。やはり、槇原と裏社会の争いに巻き込まれたのか。しかし、なぜ、身を隠していた今村が「マルセイユ」にやってきたのだろう。あの封筒を取り戻すためとしか考えられないが……。

コマロフスキーが鞄の中から8ミリビデオカメラを取り出した。小型の液晶ファインダーをコードでつなぐ。ただし、映像コードだけだ。音声コードは接続しない。それでは、映像を再生しても音声は聞こえない。

「この男を確認してほしいのです」と、コマロフスキーが言った。

カメラにテープが入っているのだろう。コマロフスキーが再生ボタンを押した。ノイズバーが流れて、映像がスタートした。白っぽい壁に囲まれた部屋の真ん中にテーブルがあり、木の硬そうな椅子に男が座っていた。

いや、手錠で椅子につながれているから、自分の意志で座っているのではないようだ。憔悴した表情だった。カメラがズームした。男の顔がアップになった。尋問されている。

「あなたは彼を見ているはずだ」

「知らない」

「神林という名でビデオテープに写っていた男だ」

ビデオテープの存在を知っているとしたら、郷地の工作はすべて見抜かれているのか。知らないと言っても無駄だった。

「顔は写っていなかった」

そう、映像には顔は写っていない。だが、今村の封筒には二枚の写真が入っていた。一枚は、確かにこの男だった。

「そうか、誰だかわからないようにしていたのですね。念の入ったことだ」

彼らは、実際のビデオテープを見たわけではないのだ。しかし、テープそのものが彼らの手に入れば、すべては郷地が仕組んだことだとばれてしまう。そのことを切り札にして、郷地と何らかの交渉をしようとしているのかもしれない。

どうせ、キツネとタヌキの化かし合いだ。どちらの陣営にとって利益があるのか、そんなことはどうでもいい。バカなことに巻き込まれてしまった。

「この男、どうするんだ？」

「郷地に雇われて下手な芝居をしたことを告白させたら、解放しますよ。解放しても、どこかへ訴えることができるほどイノセントじゃない。叩けばホコリだらけです」

「なるほど、どちらの手も汚れているってわけだ」

「あなたの手はどうなんです？　自分だけは汚れていないとでも……」

「そんなこと思っちゃいない。うんざりなだけだ」

その時、気付いた。こいつらは、男を解放するつもりはない。男が口を割れば、この男こそが郷地に対する切り札になる。

「この男を使って、郷地に圧力をかけるつもりだな、あんたたち。何を目的にして動いているのかは知らないが、郷地を自分たちに有利に動かすために……、汚い手を使おうとしている」

「誤解です。私たちは、ジェントルに交渉しようと思っています」

「あんたの丁寧な言葉遣いにピッタリの日本語がある」

「わかってます。インギンブレイ……ですね」

「少なくとも、己を知ってはいるんだな」

9

コマロフスキーの車を新宿で降り、僕は淀橋にある新宿署まで歩いた。受付で森本刑事に面会を求めると、幸い森本は在席していた。森本は玄関まで降りてくると何も言わず、そのまま「ついてこい」というように顎を傾け、僕の前を通り過ぎた。

森本と僕は、いわば飲み友だちだ。署内で私的な関係を見せたくないのだろう。西口の地下街まで歩き、ガラス張りの洒落たコーヒー専門店に入った。南極でひと冬を過ごした二匹の犬の、片方の名前が看板に書かれていた。もっとも、カタカナ表記である。

「ずいぶん気のきいた店を知っているんですね」

「十五年前には、スノッブばかり集まっていた店だ。反体制を標榜する左翼連中ばかりで、警察関係者がいるとしたら公安だった。今も客層はそう変わらないが、政治的な信条を持つ人間は少なくなった。ということで、この店ならうちの社の関係者は絶対にいない」

店の奥のソファに腰を下ろして、森本が言った。僕が冷やかすと「バカ言え、おれの方が先だ」と答える刑事コロンボ風ファッションに身を包んだ森本は、鶏小屋に迷い込んだ狐のように目立っていた。客たちが時々、僕たちのテーブルに目を向ける。三つ向こうのテーブルに座っている四人の若者たちは、武装蜂起の相談でもしているのか、刑事以外の何者にも見えない森本をしきりに気にした。

「ところで、槇原のことだろ」

「何かわかりましたか?」

「何がわかるって言うんだ?」

相手は、刑事だった。簡単に捜査情報は漏らせない。漠然と「何か」と訊いても話せるわけがない。具体的な質問をすること、さらにこちらからも情報を渡さなければ口は開かない。

「わかりました。僕の方からわかったことを話します。まず、槇原ですが、本名は槇村新吉。関西の相場師だったそうです。槇村新吉について、少し調べてみました。一九二八年、昭和三年に堺市で生まれています。戦前から小僧として相場の世界に飛び込み、戦後、先物取引の世界で有名な相場師になります。大阪には、江戸時代から続く堂島の米相場の長い歴史がありますからね。先物取引は、昔、『赤いダイヤ』と呼ばれる小豆相場が小説やドラマで有名になりましたが、大金が動く世界だからブラックマネーも集まってくる。槇村新吉も関西の大きな暴力団の幹部とつながりができ、組織の金を預かって運用するようになった」

僕がそこで話をやめると、森本がじっと見つめてきた。しばらく沈黙が続いた。どちらが先に沈黙を破るのか。

「それから？」と、森本が先を促した。

「そんな人物が、どうして新宿の外れでバーを開くようになったのか、僕には調べられなかった。ある人物は、六年前に槇原が相場に失敗し、裏社会に大損させたと言っていた。それで東京に逃げてきて、身を隠していたのだと……。僕には、そんな風には見えなかったけれど」

「どんな風にだ？」

「身を隠している風には……です。堂々としていたし、自信を感じさせました。信念を持って生きている人間でなければ出てこない自信です。何か目的があって生きていた。そんな風に見えました」

「おれにも、そんな風に見えたな。自分の世界を持っている人間の落ち着きがあり、いつも悲しみを抱えているようなところが垣間見えた」

「森本さんも、そう思いましたか？　奥さんと娘さんの命日が同じだと口にしたことがあります。それ以上は口にしませんでしたが、それが抱え込んだ悲しみなのかも……」

「昔、傷害罪で逮捕されたことがある槇村新吉の指紋が登録されていた。だから、槇原の正体はすぐに割れたよ。あんたが言った経歴だった。六年前が分かれ道だったんだろう。妻子は、六年前に自動車事故で死んでいる。奥さんは十歳になる娘を助手席に乗せて運転していたが、対向車線をはみ出してきた大型トラックと正面衝突した。その事故の後、槇村新吉は行方不明になった。その一年後、槇原隆一が十二社でバーを開いた」

「六年前に何があったんです？」

「わからん。大阪府警に妻子の事故については、詳細を問い合わせている。しかし、一度片の付いた事件だ。どこの警察も、あやまちを認めたがらない。特に大阪府警は、警視庁に口出しされるのを好まない。縄張り意識が強いのは、ヤクザだけじゃない。まあ、どちらにしろ、槇原は大変な悲劇を背負っていたわけだ」

今村の娘のことを聞いた時、槇原は僕に強く封筒を開けることを勧めた。いや、直接勧めたというのではなかったが、自分の娘のことをしみじみと語り、結果として僕を促した。やはり、妻と娘を一瞬にして奪われる経験をしていたのだ。

「組織に大損をさせたのなら、妻子の事故は見せしめ、あるいは槇原への警告だったのでは……」

「わからんよ。大阪府警は事故として処理しているし、トラックの運転手は逮捕され、交通刑務所でオツトメはすませている」

「槇原は、いつか妻子の復讐を……と誓ったのでは？」

「あんた、相変わらずロマンチックな想像するね」

「ところで、槇原がどうなったと警察は考えているのですか？」

「今のところは何もわからない。生きているのか、死んでいるのか」

郷地の話をすべきかどうか、迷った。森本は刑事だ。僕の情報を聞いてしまえば、それに基づいて捜査をしなければならなくなるかもしれない。

「これは、僕の独り言なんですがね」と僕は切り出した。

「ほう、独り言ねえ」

「だから今村と槇原という名前以外の固有名詞は出ないかもしれないし、場所もはっきりしないことがあるかもしれない。明確に犯罪と言えないことばかりで、僕自身もよくわかっていないことが多い。それで、自分で整理するための独り言なんですよ」

森本がうなずいた。僕は今村が「マルセイユ」にやってきたところから話を始めた。あの記事と一緒で固有名詞は出さない。某商社の利益のために副社長が暗躍し、ソ連大使館員が登場する。その中で僕は翻弄されただけだった。

「ずいぶんややこしい話だな」と、聞き終わった森本が言った。

正しい感想である。

「ややこしいけど、どこか法に触れるところはありますか」

「話が大きすぎて、一介の刑事の手には負えないね。今村殺しの手がかりとしては、今村は自分が死んだことにして海外へ出るつもりだったこと、槇原が生きていたこと、誰かが探していた封筒を槇原が持っていたこと、それを取引材料にして海外逃亡したこと、それくらいだな。その副社長の話を信じるなら」

「警察は何か掴んだんですか?」

「まず、今村だ。あんたの言うとおり、去年の夏からの足取りは掴めない。完全に地下に潜っていた。あんたの言うように恐喝屋まがいの生き方をしてきたらしい。殺したいと思っていた奴は大勢いる。しかし、あんたが聞いた今村の話は嘘だな。彼は結婚していたことはないし、娘もいない」

「やっぱり……」

「あまり驚かないな。予想していたのか？」

「今となっては、僕に今村の封筒を開けさせ、記事を書かせるための作り話だったとしか思えない。しかし、僕を拉致した男は、そのことを知らないようだった」

「今村のシナリオなんじゃないか。あんたが封筒に興味を示さないので、お涙ちょうだいの話を作って、あんたの同情心に訴えようとした。あんた、自覚している以上にセンチメンタリストだからな。『カサブランカ』という映画は、やたらに『センチメンタリスト』というセリフが出てくるが、字幕では何と訳されてるか知ってるかい？」

「人情家」

「知ってるのか」と、森本が笑った。

僕は笑う気になれなかった。カサブランカの警察署長はハンフリー・ボガート演じる酒場の主人リックに「あんたは人情家だ」と何度も言う。

「わかった。今村に嵌められたとしよう。今村は、金を持って海外に出ようと考えていた。金は貯まった。日本にいると敵が多い。海外でリタイア生活を送りたくなったのかもしれない。でも、そんな男を誰が、何のために殺したんですかね」

「今の状況だと槇原が殺して、海外逃亡したという形で幕を引くかもしれんな」

「槇原の血痕は？」

「争ったときに怪我したのかも……。あるいは、料理をしていて指を切ったのかもな……」

「その程度の血痕？」

「ああ、大量の出血ではなさそうだ」

「今村が死んだ後、誰かが家捜しをした」

「実は、三人目の人物がいた。階段の最初の段に足跡が残っていた。土足で昇ったのだろう。最初の段に足をかけて踏ん張ったのさ。ただし、スニーカーの跡は小さい。二十四センチだ。小男か、子どもか、あるいは女だ。おそらくそいつが二階も含めて家捜しした」

その時、あの女の顔が浮かんだ。今村の別れた妻、西村恭子と名乗った美しい女。

「僕の話の中には、女はひとりしか登場しない」

「今村の別れた妻だという女か」

「妻じゃなかったかもしれないが、今村の仲間であるのは間違いないでしょう」

「そうだな。その女を調べてみるか。手がかりは？」

今から思えば、女は慎重に何の手がかりも残していない。僕は首を振った。

「ますます迷宮入りの可能性が高くなったな。もっとも、警察はメンツがあるから、無理矢理に犯人を作り出す必要がある。だから、槇原が今村を殺して逃亡した。動機は金になる証拠品の奪い合い。それだと管理官が納得するシナリオだ。槇原は指名手配され、被疑者不在のまま年月だけが経っていくことになる」

森本は肩をすくめた。投げやりな言い方だが、森本ほど刑事という仕事に誇りを持っている人間はいない。ただ、警察組織がその誇りを踏みにじる。

「森本さん、また警察内部の愚痴になってますよ」

「これは愚痴じゃない。ボヤキだ」

「愚痴とボヤキはどこが違うんですか？」

「愚痴は、未来に向かわない。ボヤキ漫才とは言うが、愚痴漫才とは言わない。ボヤキ漫才には現状に対する批判がある。だから人生幸朗の『責任者出てこーい』という決めゼリフで笑えるんだ。ボヤキは批評精神の顕在化なんだ」

「批評精神の顕在化ねぇ。署内では、顕在化させない方が無難ですよ」

森本がニヤリと笑った。

「ところで、槇原が相場師だったとわかって、考えたことがある」

「何ですか？」

「一年前に、犯人未逮捕のまま終息したグリコ・森永事件があるだろう」

「ええ、商品に毒を入れると予告して、企業から金を奪おうとした事件ですね。警察が犯人に翻弄されて、失敗ばかりしましたね」

「そう言うな。警察内部じゃ、あの事件はタブーになりつつあるんだから。だから警察のメンツにかけて、あの事件では犯人は何も得ていないと警察は発表した」

「そうですね。結局、企業から金は取れなかった」

「そうだ。だが、一説によると株価の操作が狙いだったという。それで百億稼げたと主張する奴もいるんだ」

「知ってます」

「今回のこと。おまえさんの話を聞くと、相場にかかわってくるんじゃないか。もしかしたら、今村が大金を掴んでリタイアしようとしたのは、そこら辺で稼ごうと考えたんじゃないのか?」

「そう言えば、郷地はしきりに株価への自分の発言の影響を言っていた……」

「インサイダー取引については、厳しく取り締まる方向になっているが、今村が郷地と組んでいたとしたら、内部情報を事前に知る立場にあったろう。というか、おまえさんを使って情報操作したわけだから、株価への影響は予測できたわけだ。今村は、それで大金を掴んで海外脱出を狙っていたか?」

　そうだとすれば、槙原がどうかかわっていたのだろう。槙原がかつて相場師だったということが、どこかで関係してくるのだろうか。だが、僕の知る槙原は、新宿の外れにある古風なバーの映画好きで無口なマスターに過ぎない。その無口なマスターの店で酒が飲みたい。無性に飲みたかった。

羽村は、相変わらず崩れたスタイルで現れた。典型的なヤクザなジャーナリストだ。別名を経済ゴロという。高邁な革命思想に共鳴し政治セクトに所属したが、脱落してドロップアウトした。己に対する慚愧の念と、そんなことを気にせず転向して、大企業のエリートになった奴らへのルサンチマンのようなものを抱え込んだ結果、ある作家の言い方によると、羽村は「義によって」そんなファッションに落ち着いたのだ。その辺の屈折した気分は、僕にもわかった。

僕が酒浸りになったのは、友人と妻の現場を目撃したことが直接のきっかけだが、どこか「義によって」酒を飲み続けている気分もある。ふたりとも、あえてステレオタイプのライフスタイルになることで、その原因を冗談にしたいのかもしれない。どちらにしろ、羽村も僕も滑稽な存在であることは間違いない。

もっとも、最初は「忘れるために」飲んでいたが、いつの間にか「飲みたいから」飲むようになった。ファッションも酒も続けていれば、定着してしまうものだ。

「今日は何だ?」

渋谷のオープンカフェのテーブルに腰を下ろしながら、羽村が言った。目の前の舗道を人々が通り過ぎていく。流行のファッションに身を包んだ人々だ。その中を歩いてきた羽村は、羊の群れの中の狼のようだった。

目立っていたし、周囲から嫌悪感と警戒心を持たれていた。いつ爆発するかわからない時限爆弾のように怖れられていた。渋谷の街角のオープンカフェは、ひねくれた羽村の裏返しの憧れなのかもしれない。あえて場違いな所に身を置きたい衝動があるのだろう。

「また、経済について教えてもらいたくてな」

「そう言えば、行方不明になったフリーライターはどうなった。おまえが書いた記事は読んだよ。あの記事で、放射能に汚染された食物への関心が高まったんだろ。国も動かざるを得なかったし、五代通商に対しては、厳しい態度で臨まなくてはならなくなった」

「そうだ。僕は……いいように利用された。情報操作の手先さ」

「郷地浩一郎」と、羽村は短く口にした。

「そうだ。奴の作戦だ」

「今度は、作戦がうまくいったのか」

「僕を動かすことに関してはね。ただ、あんたに教えてもらったソ連大使館のコマロフスキーが、郷地の弱みを握ろうとしている」

「弱み?」

「作戦遂行のためには、汚い真似をする人間が必要だ」

「その人間を握られたのか?」

「郷地に対して、どう使うのかはわからない」

「あの人は何を考えているか、わからん。どれだけ先の手を読んでいるかもな。もしかしたら、コマロフスキーの動きも、その人間を握られることも織り込みずみなのかもしれない。そういう人だ」

「しかし、日本の敗戦は読めなかった」

「読んでいたさ。満州にいた数十万人の民間人を見棄てただけだ」

「彼は、まだ日本の敗戦を認めていないのかもしれない」

「彼の唯一で、最大の失敗だったからな」

「それにしても、未だに戦前からの人脈が続いている」

「当たり前だ。日本にだってエスタブリッシュメントの血脈がある。敗戦後までは貴族がいたんだぜ。貴族院だって昭和二十二年まであったんだ。郷地くらい優秀だと、エリートとしてその世界に加われる。やがて貴族に取り立てられるんだ。明治維新で生き残った奴らが元老になり、貴族になったのと同じようにな」

「彼の権力欲は、屈折しているように見えた」

「ああ、昔の失敗を取り戻すために権力を握り、世界を支配しようとしている。狭い世界だが、彼にとっては、どんな世界でもいいんだよ。彼が支配しようとしている世界では、金しか価値を持たないんだ」

「その金のことだ。今回のことで、郷地は金銭的な損失をこうむったのだろうか」

「いや、経済人は常に投資と回収を考える。より大きな利益を得るために、莫大な資金を投入することは当たり前なのだ。バクチみたいだが、バクチと違ってリスクを最小に留めるようにする。だから、一時的に損失をこうむったように見えても、それが投資の一環だったりするんだ」

羽村は、そこで言葉を切った。冷めたコーヒーをひと口すすり、僕を上目遣いに見た。

「なあ、何を狙ってる？」

「何も……。友だちが行方不明になった。郷地によると、彼と取引をして海外に出たらしい。その友だちがやっていた酒場で、行方不明になっていたフリーライターが殺されて見付かった」

「フリーライターってのは、例の……」

「そうだ。郷地の作戦の手駒になって動いていたらしい」

「殺されたって？」

「アイスピックで背中から心臓までひと突きだった」

「見たのか？」

「僕が発見した」

「昔、内ゲバが激しくなった頃、アイスピックが登場したことがある。鉄パイプを持って大勢でかかれば、相手が死んだとしても誰の殴打が致命傷になったのかはわからない。アイスピックは一人一殺だ。殺意を明確にしたテロリストの道具だよ。殺意がなければ使えない」

「そのフリーライターは、別名『恐喝屋』だった」

「おいおい、おれたちの世界じゃジャーナリストと恐喝屋は同義だぜ。おれが企業の総務に面会を求める。彼らは恐喝屋がきたと反応する。札束を包んだ封筒を持って、応接室にやってくるんだ」

「そんなに卑下するなよ」

「卑下なんかしちゃいない。日常の労働について話してる。人間は食ってかなきゃいけない。死ねない限り……」

「死にたいのか？」

「いや、死んでもいいとは思っているが、実際、死が現実になったらどんな反応をするか、自信はない。慌てたり喚いたり、みっともない真似はしたくないけどな」

そう言って、羽村は通りを絶え間なく流れる人波を見つめた。気取っているのではない。本音なのだ。投げやりな気分だが、投げやりになりきれない。生きていたくはないが、死ぬこともできない。生きていくには、食わなきゃならない。食うためには金がいる。

チャップリンの言うように「サム・マネー」でいいと悟っていても、わずかの金を稼ぐのも大変だ。もっとも、チャップリンは貧窮院にいた子どもの頃は別にして、成功してからは大富豪で金には不自由しなかった。

「さっきの話だがな、郷地が損失をこうむったかどうかということ。五代通商は、こんどのことをうまく乗り切ったよ。放射能汚染の食物の輸入禁止だが、それはソ連、東欧などのヨーロッパが対象だ。五代通商は、元々、食糧品に強く、アメリカの小麦、大豆、トウモロコシといった農作物を多く扱ってきた。郷地がソ連に恩を売るためにウクライナの穀物を輸入しようとしたが、アメリカ産の扱い量に比べると、ほんの数パーセントだ。それも、輸入禁止になって転売した。どこかの国で粉になって、その国の産物として売られるだろう。この円高だ。ソ連側に支払った賠償額なんて、アメリカ産の穀物であげた利益に比べれば、雀の涙さ。それに、郷地は穀物輸入を条件に、アゼルバイジャンの油田開発の権益を得た。これは五年後、十年後に大もうけできるプロジェクトだ。郷地の大勝利だよ」

「五代通商の株の動きはどうなんだ?」

「あれくらいの大企業になると、そう大きくは動かない。サハリンの天然ガス・プロジェクトを逃した時は下がり、チェルノブイリ原発事故の時も下がった。しかし、ソ連からの穀物輸入禁止になっても変動はない。市場はよく見ているよ。五代通商が莫大な利益を上げるってな」

「情報操作で株価の変動はなかったのか? それとも商品相場?」

「おまえ、商品相場欄なんて見たことないんだろうな」

「子どもの頃、『赤いダイヤ』っていう小豆相場の話を、親父と一緒にテレビで見ていたよ」

「日経新聞には、商品相場が毎日載っている。日本政府がウクライナからの小麦を含む穀物を輸入禁止にしたニュースが出た途端、世界の穀物相場が急騰した。日本国内への影響は大したことがなくても、世界規模で見たらウクライナの穀物が与える影響は大きい。日本政府の措置に追随する国が出ると投機筋は読んだのだろう。世界的な穀物不足になる。だから、国際相場が急騰した。シカゴ相場を見てみな。小麦、トウモロコシなんかを買っていた奴は、大もうけだぜ」

「個人で買えるのか」

「商品相場はギャンブルだ。素人は手を出さない方がいい」

「僕の友だちは、昔、大阪で名の通った相場師だったらしい」

「おいおい、そいつは……」

「だが、相場を張るには相当な資金力がいるんだろ」

「いろいろ、カラクリはあるさ」

その時、僕の視界の端にカフェの入り口から羽村に向かって軽く手を振る女が見えた。羽村が視線を向ける。表情は変わらない。僕は首をひねって、正面から女を見た。

若い女だった。人気のある女性誌「ＪＪ」のグラビアページから抜け出してきたようなスタイルだ。ハイソな女子大生風である。肩までかかる髪を、やわらかな感じでセットしている。光り輝いているようだった。

「約束したのは、向こうが先だったんだ。だから、おまえには不似合いだろうが、こんなところへきてもらった」

「恋人かい？」

羽村が苦笑いした。照れているのだ。

「ひとまわり以上、違うだろ」

「ちょうど、ひとまわりかな」

「よかった。女子大生かと思った」

「大学院生だ。コンピュータの専門家さ」

「才色兼備って奴か」

「色の方はわからんがね」

羽村が立ち上がった。僕が伝票を押さえると、羽村は「ゴチになる」という感じで右手を挙げ、テーブルを縫って舗道に向かった。女が羽村に寄り添う。羽村は僕に背中を向けたまま、人混みに消えた。

才色兼備かもしれないが、僕には一生縁のないタイプだった。万が一、あのタイプが僕に興味を持つようなことがあったら、僕は一目散に逃げ出すだろう。それでも、僕は去っていく羽村に羨望を感じていた。少なくとも、羽村は女を信じているのだろうから……。

10

その日も飲まずに帰った。

アパートの前に高級車が停車していた。メルセデス・ベンツだ。黒塗りで、お約束のようにスモークガラスで覆われていた。ヤクザな車だ。露骨に正体を見せている。周囲を威圧するために、そんな車に乗っているのかもしれない。

案の定、僕がアパートの入り口に立つと、その車の運転席と助手席のドアが開き、大きな体をしたふたりの男が降り立った。またか、と僕はため息をつきたくなった。少なくとも、今回は事前に予告をしてくれてはいる。男たちは、まっすぐ僕をめざして歩いてきた。

「樫村さんですね」と、助手席から降りてきた男が言った。

背は一八〇センチ、体重は八〇キロといったところか。筋肉質なのは黒いスーツを着ていてもわかった。年の頃は三十半ば。ヤクザの中でもそれなりの幹部なのだろう。視線は鋭いが、物腰は丁寧だった。

バカじゃやれねぇ、利口じゃやらぬ、中途半端じゃなおやれぬ、というヤクザ業界のフレーズが浮かんだ。運転席から降りた男の方は、よく見ると二十代の前半か。運転手として修行中なのかもしれない。

「どこかへ連れていくのか？　もう、いい加減にしてほしいね」

「いや、車の中でお話しすればすむことです」

「あそこに誰がいるんだ」

「必要なら本人が名乗ります」

「僕が知っている人間かい？」

「さあ、会うのは初めてでしょう。もしかしたら、知っているかもしれませんが……」

僕は男たちに挟まれるようにして車に近付いた。運転手が運転席のドアの横に立つ。男が後部座席のドアを開けた。僕は仕方なく後部座席に滑り込んだ。男がドアを閉め、警戒するように周辺に目を配り始めた。

「すんまへんな。こんなとこ、きてもろて」と、後部座席の男が言った。

確かに会ったことはないが、その男には見覚えがあった。一昨年から昨年にかけて、何度もブラウン管の中で見た顔だ。いつも、関西弁でワイドショーのアナウンサーを相手にまくし立てていた。角刈りと和服が印象に残っている。

どこか愛嬌のある喋り方で、頻繁にテレビに登場したために顔が知られ妙な人気があった。ただし、今はピンストライプの濃紺のスーツに薄いブルーのネクタイをして、印象が違っていた。

それに、大きな男だった。高級車の後部座席が狭く見えた。

「知ってはりますか？　わての顔」

僕は黙ってうなずくだけだった。神戸の大きな組が跡目争いで真っ二つに割れ、血で血を洗う抗争を繰り広げたのは一昨年のことだった。彼は組を割って出た一派で、それまでは神戸の組の大幹部だった。

割って出た一派は別の連合会を作り、彼はその組織の事務局長におさまっていた。事務局長という役柄のため、組織の広報担当だったらしく、マスコミの取材には全面的に彼が応じていた。大和田組組長の大和田和政である。

「よくテレビに出てましたからね」と、僕は遅れて返事をした。

「あれで、顔売れてしもて、かなわんわ」

「覚悟の上だったんじゃ……」

「まあ、あんときは情報戦が必要やったからね」

イントネーションがまるで藤山寛美だった。愛嬌を感じる喋り方は、テレビに出た時と同じだった。警戒心が薄れていく。

「あの頃までは、あんたたちの方が支持されていた」

「そうや、ドンパチより口八丁の方やったさかいな」

突然、情勢が変わったのは大和田組の所属する連合会のヒットマンが、神戸の組の四代目を継いだ組長の暗殺に成功してしまったからだった。四代目組長は愛人の住むマンションのロビーでヒットマンたちの待ち伏せに遭い、数発の弾丸を撃ち込まれて即死した。ボディガードのふたりが射殺され、ひとりは重傷を負った。しかし、それが間違いだったのだ。

血まみれの現場がニュースで流れると、世論は大和田たちを非難した。組長を殺された神戸の組は結束を強固にし、猛烈な反撃を開始した。数では上まわっていたが寄り合い所帯だった大和田たちの連合会はたちまち腰が砕け、組織はバラバラになった。

連合会会長だった男が組の解散を宣言し堅気になると、大和田も会長に殉じた。それが、つい先日のことだった。関西のヤクザの世界では、チェルノブイリ原発事故より、そちらの方が大きなニュースだった。

「知っとるやろけど、わてはもう堅気ですわ。それでも、昔の恩義は恩義でな。ある人に頼まれて、あんさんに話にきたんですわ」

「ある人?」

「あんさんも、よう知ってはる人や。昔、その男に助けてもろたことがあってな。ヤクザ言うても、結局、金や。金積まんと殺されるところを、そいつに助けてもろた。まだわてが駆け出しの頃やった。大きな組ともめたとき、バーンと大金積んでくれた。返す言うたけど、受け取らん。気っ風のええ奴ですわ。そいつとは幼なじみでしてな。子どもの頃から一緒に貧乏してたんや」

「今は、海外にいるらしい」

「知ってはりまんのか」

「そう聞いいただけだ」

「探さんといてほしいのや。その人も望んではることや」

「彼は、今村を殺したのか？」

「その辺のことは、これを読んでおくんなはれ」

大和田はスーツのポケットからぶ厚い封筒を取り出した。僕はそれを受け取った。槇原が託したということか。

「わてが現役だった頃は、あいつには手出しをさせせんかったんやけど、堅気になってしもたら、もう抑えがきかん。それに、わては負け組や。堅気になったさかい、命とられんでおるけど、今でもわての命を狙うとる奴はぎょうさんおる」

「その人は、ヤクザに狙われる理由があるのか？」

「六年前、怖い筋にえらい損させたことがありますのや。ほんで、見せしめで妻子を殺されてしまいました。あいつは怖い筋に殴り込もうとしたんやけど、わてが止めた。わてが話をつけて関東に逃がした。そやけど、怖い筋には人質とられてましてな」

「人質？」

その時、銃声がした。いや、とっさに銃声だとわかったわけではない。バックファイアーのような音がして、車のフロントガラスで何かが跳ねたのだ。顔を上げると、五メートルほど向こうに男が立っていた。

運転手がドアを開けて身を滑り込ませ、車を守るように立っていた黒いスーツの男はいつの間にか拳銃を手にして、正面の男に向かって撃った。襲ってきた男の右腕が、衝撃を受けて跳ね上がった。血が飛び散る。助手席に黒いスーツの男が乗り込み、車が急速でバックした。

路地から車の後ろに飛び出してきた男がいた。挟み撃ちにしようとしていたのだ。やはり右手に拳銃を持っていた。その男が引き金を引くのと同時に車は男を跳ね飛ばした。リアウィンドウに衝撃が走った。

「防弾ガラスです」と、黒いスーツの男が安心させるように言った。

バックで広い道に出た車は、そのままスピンして方向を変え急発進した。運転手は若いが、テクニックは確かだ。もしかしたら暴走族時代に鍛えたのかもしれないな、と運転手の後頭部を見つめて僕は思った。恐怖心はなかった。大和田は悠然と座席に身を沈めていた。

「地元とちごて、関東で殺ったんなら言い訳できる思たんかいな」

しばらくして、大和田が独り言のように言った。

「叔父貴、親父のところにも回状がまわってきてます」

「どんな回状や？」

「大和田は堅気になったのだから、今後一切、渡世の付き合いは断てと……」

「それやのに、今日は便宜はかってもろたんかいな」

「叔父貴と親父の長い付き合いですから」

「違うやろ、村瀬。おまえの一存ちゃうか？　東郷はそんな律儀な奴やないで」

村瀬と呼ばれた男は、何も答えなかった。助手席に座って正面を見つめたままだった。

「樫村はん、えらいことに巻き込んでしもた。堪忍やで」

「僕は大丈夫だ。どこか人混みで降ろしてほしい」

「わかりました。村瀬、あんじょう頼むで」

十分後、僕は新宿のど真ん中で車を降りた。放射能も銃撃も関係のない人々が、街にあふれていた。僕はアパートに戻るのを諦め、酒の飲める場所に向かって歩き始めた。「マルセイユ」でなくても、酒ならどこででも飲める。昔、通っていたゴールデン街のバーにいくことにした。


この手紙は、大和田組の若いモンがこちらにやってきたので、あなたに渡してもらうよう託すことにしました。突然、私がいなくなり、あなたには何も連絡できず、本当に申し訳ありませんでした。あなただけには、何が起こったのか、話しておかなければなりません。こんな形になりましたが、あの日、何が起こったかを書き送ります。いや、なぜあんなことになったのか、その最初からをあなたには話さなければなりません。私はあなたを騙し、利用しました。

確実にあなたに届くように、この手紙は大和田からあなたに直接届けてもらうようにします。大和田に会えば、私がどんな世界で生きてきたか、わかっていただけると思います。

大和田が話すでしょうが、私と大和田は同じ町内で同じように育った男です。貧しい人間たちばかりが暮らす場所でした。私たちは、どんな形でもいいからそこを抜け出そうと、子供の頃から誓い合った仲でした。

結局、十五の年から大和田は極道になり、私は相場の世界に入りました。どちらもまともな生き方ではありませんでした。私は、堂島の小僧から始めたのです。その頃には、伝説の相場師もいましたが、今から見ればずいぶん荒っぽい世界でした。

そう言えば、数年前、「最後の相場師」と言われた是川銀蔵が、申告所得で全国一になったと新聞に出ていました。是川銀蔵はもう八十半ばを過ぎています。私の世代にとっても伝説の人物でしたが、それが八十を過ぎてから全国一の所得を申告するのですから、一攫千金を夢見る男たちにとってはたまらない世界なのでしょう。

私には相場を読むカンがあったのかもしれません。それから、二十年、私は相場師として顔が売れ、一方、大和田もヤクザの世界で大物になりました。そんな大和田との関係から裏社会とのつながりも生まれ、私が裏社会の資金を預かり、相場に張って利益を出すという関係ができてしまったのです。

私と裏社会の持ちつ持たれつの関係は、長く続きました。しかし、もう六年近く前になりますが、私は相場の読みを間違い莫大な損失をこうむりました。その時、裏社会の資金も十億という単位で失ってしまったのです。

彼らは、そんなことは決して赦してはくれません。といっても、私を殺せば元も子もなくなります。

彼らは見せしめとして、私の妻と娘を交通事故に見せかけて殺しました。

それを命じたのは、あの神戸の組の経済ヤクザとして名を知られる若頭の神山でした。私は彼をつけ狙いました。しかし、そのことが相手にも知られ、逆に私が狙われたのです。

その時、神山と話をつけてくれたのは、まだ神戸の組の実力者だった大和田でした。私は関東に逃れ、身を潜めることになったのです。そして、あなたが知っているバーのマスター槇原になりました。

去年の夏前、今村があなたを訪ねてやってきた時、私は封筒を預かりました。その日、私はすぐに中身を読んだのです。そして、書かれてある内容から、ひとつの計画を立てました。

その内容が公表されれば、穀物の世界相場に大きな影響を与えます。その情報は千金の価値があるものでした。私は電話をかけてきた今村に「会って話をしたい」と言い、私の計画を持ちかけました。強欲な今村はのってきました。

今村は郷地の手先として動いており、あなたを利用して放射能汚染の記事を書かせようとしたのです。私は、その情報がリークされることを事前に知っているのですから、資金を集めれば大もうけができると今村に持ちかけたのです。

そのことは、郷地の計画とは別の話です。私は、同時に神山には「昔の借りを返したい。もうけ話がある。損をさせた以上の大金がつかめるはずだ」と連絡しました。大和田たちと対立し、資金が必要な神山はその話にのってきました。

それから後は、あなたのご存知の通りです。今村は蓄えた金を持って海外で悠々自適の生活を送るつもりで、自分を死んだことにしてもよいと考え行方不明を装いました。今村の元妻である西村恭子と心臓病の娘の話があり、あなたは狙い通りの動きをしてくれました。

私は神戸の組から預かった金の他に、大和田たちからも資金を預かりました。また、今村もどこからか金を調達してきました。郷地の懐から出たのかもしれません。

私にとって穀物相場は昔取った杵柄ですが、放射能汚染の情報がリークされなければ、相場は大きく動きません。あなたが郷地と今村の意図の通りに動いてくれたので、私も資金を大きく膨らませることができました。

しかし、私は妻子を殺した神山に金を渡す気はありませんでした。彼らの資金を奪うつもりだったのです。それが、ささやかな私の復讐でした。私は彼らの資金を含めて、大和田たちに渡すことにしました。

それによって、抗争は大和田たちに有利になるかもしれません。自分たちが出した資金とそこから生まれた莫大な利益が、対立する側に流れるのです。それが神山へのささやかな復讐でした。そのことによって責任を問われ、神山が失脚することを期待しました。

あの日、私の店で金を分けることになっていました。私は今村と大和田にだけ連絡をしたのですが、今村に続いて神戸の組の男たち三人がやってきました。「今日、金を分けると聞いた。おれたちに連絡がなかったのは、どういうことだ」とひとりが言いました。明らかに、私の狙いを知った上で脅しをかけているのです。

しかし、彼らは私が大和田組と組んでいたのを知りませんでした。大和田組の連中は店の様子がおかしいと思い、中を窺っていたのです。店の丸窓から大和田組の見知った幹部の顔が一瞬覗いたのに気付き、私は神戸の組の連中に金を渡しました。

彼ら三人は大きなバッグを抱え、私を拉致して外へ出ました。そこを大和田組の五人が取り囲みました。背中に拳銃を押し当てられ、三人は何の抵抗もできなかったのです。大和田組の連中は、神戸の組の三人と彼らの金をワンボックスカーに押し込み、自分たちの分け前を積み込みました。

その間、今村は自分だけは無関係だというように、店の隅でじっとしていました。大和田組の連中が去る時にも、今村は店から出てきませんでした。大和田組は去り、神戸の組の三人がどうなったのかはわかりません。どこかで死んでいるのは確かでしょう。

店に戻ると、今村が「おれの分け前をもらおうか」と言いました。「あんたの分も大和田組に渡した」と私は答えました。今村は神戸の組に通じていたのです。

元々、神戸の組の神山と郷地浩一郎につながりがあるのは、裏社会では知られていました。郷地に飼われている今村が、神戸の組と組むのは予想すべきだったのです。今村のすぐ後に、連絡をしていなかった神戸の組の三人が現れた時にわかりました。今村は彼らと組み、金をすべて奪おうとしたのだと……。

そのことを私が指摘すると、今村は激高しました。彼は私に飛びかかり、「おまえの金を渡せ」とぐいぐい首を絞めてきました。私はカウンターに背中を押しつけられ、次第に気が遠くなりました。

その時、カウンターの裏に置いてあったアイスピックが手に触れました。使い慣れたアイスピックです。使い込み、先がより鋭利になっていました。私はそれを逆手に持って振り上げ、勢いよく今村の背中に突き立てました。

私の手元には、一生遊んで暮らせる金がありました。また、あの封筒も手元にあったのです。私は捜査を混乱させるために、誰かが何かを探したように荒らし、自分の指を切って血痕を残して店を後にしました。

そして、郷地と取引をしたのです。あの封筒の細工が表に出ると、郷地は困るはずです。同時に、私は大和田組を頼りました。そして、彼らのコネクションで日本を出て、今、遠い国で生きています。

何もかも、私が仕組んだことです。最初は、郷地に操られた今村の計画だったかもしれません。しかし、人が死ぬようなことになったのは私のせいです。私が相場を忘れられなかったことと、私の復讐心が招いたことです。

私は、あの封筒を盾に郷地に神山と話をつけさせました。郷地とあの経済ヤクザの関係は、裏社会では知られています。私が死ねば、あの封筒が世の中に出ます。神山も渋々、郷地に従ったのでしょう。

もちろん、あなたには一切手を出さないことも約束させました。だから、今後、何の心配もないはずです。それだけが、私のお詫びのしるしです。

ここ数年、あなたと深夜のカウンターで映画の話をしている時が、最も心が安らいだ時間でした。

日活映画とフレンチ・ノアール、こちらにも大和田にビデオテープを送ってもらいました。何度も見ています。今は、それだけが楽しみです。

リノ・ヴァンチュラの「ギャング」の二時間をゆうに超えるオリジナル・バージョンも、ビデオソフトで入手しました。ギュは、己の名誉のために海外逃亡を諦めて死地に赴きましたが、私は海外に逃げた卑怯な男です。

ただ、あなたにだけはそう思ってもらいたくなかった。いや、今となってはすべて言い訳です。ご容赦ください。

11

その年の夏の終わり、リー・マーヴィンが六十三歳で死んだ。ヘミングウェイの短編を原作にした『殺人者たち』の殺し屋役を見てファンになり、僕がずっと好きだった俳優である。

そう言えば、ドン・シーゲル監督の『殺人者たち』では、強奪した大金を独り占めする卑劣な悪役を、後のアメリカ大統領が演じていた。ロナルド・レーガン……、リー・マーヴィンに撃ち殺される黒幕である。

リー・マーヴィンの死から二ヶ月経って、リノ・ヴァンチュラが六十八歳で死んだ。そのふたりの死は、僕に何かが終わったのだと実感させた。僕が好きだった何か、こだわっていた何かが、永遠に失われてしまった気がした。

そんな喪失感を抱いていた頃、チェルノブイリの原発事故から一年半が過ぎ、もう誰も放射能汚染のことなど気にしなくなっていた。世の中は、バブル景気で浮き立っていたのだ。「地上げ」という言葉が新聞をにぎわせていた。

十一月に入ったばかりの夜明け、僕は消防車のサイレンの音で目覚めた。かなり近かった。窓を開けると、数台の消防車が新宿方面に向かって走り去るのが見えた。「マルセイユ」のある方向だった。煙が立ちこめていた。空は、もう明るくなっていた。その時、予感があったのかもしれない。

僕は急いで着替え、「マルセイユ」に向かって走った。近づくにつれて、確信のようなものが湧き起こった。「マルセイユ」の手前で警察官に止められた。

集まっていた野次馬たちに向かって「火事は、どこですか?」と訊くと、近くにいた水商売風の中年女が「マルセイユというバーよ。人が殺されて、ずっと空き家になっていたのに……」と教えてくれた。誰かが「通報が早かったから、消し止められるらしい」と言い、他の誰かが「いや、店の中は全焼だよ」と口にした。

「また、地上げ屋のしわざかい」と、ひとりが大きな声で言った。

「そのうち、東京中、奴らに更地にされてしまうぞ」と別の誰かが叫び、笑い声があがった。

その時、じっと「マルセイユ」の方を見つめている女に気付いた。横顔が夜明けの光に浮き上がり、美しく輝いていた。女は僕が真後ろに立つまで気付かず、「マルセイユ」を見つめていた。濃い茶色の革のボンバージャケットにジーンズ。白いテニスシューズを履いていた。まるで築地市場の帰りのような姿で左手には軍手をし、もう一枚の軍手を持っている。肩に小さめの革のショルダーバッグを掛けていた。

一年前とは、印象がずいぶん違っていた。あの時は、まるで妖艶な娼婦のような雰囲気をまとい、男たちを挑発し燃え立たせるような女だった。目の前にいる女は、肉体労働者のようなスタイルだったが、清楚な印象だった。尼僧姿が似合いそうなほどだ。別人のようだ。女は、ここまで変わるものなのか。

「西村恭子さん」と声を掛けると、女が振り返った。驚いた様子はなく、僕が現れるのを予期していたようにさえ見えた。

「樫村さん、その節はご迷惑をおかけしました」としばらく僕を見つめ、丁寧に頭を下げる。周囲の野次馬が場違いな挨拶に怪訝な顔をしていた。

「場所を移しましょう」と、女が先に立って野次馬をかき分けた。

女は新宿中央公園に向かい、僕は黙ってついていった。公園に入り、女は近くにあったベンチに腰を下ろした。僕は隣に座った。

「驚きました?」

「驚いた。別人かと思った」

「私がいることは?」

「予感があったような気がする」

「樫村さんは気付いていたのでしょう。私が槇原と関係のある女だと……」

気付いていたとは言えない。今、女の口からそう言われ、予感があったような気になっただけだ。驚きはなかったが、やはり意外に思う気持ちが湧き起こる。

「あなたは槇原さんの……」

「娘です。父が二十歳の時に生まれました。母は、私を生んですぐに死んでしまいました。私は、父親に育てられたんです」

「殺されたという奥さんと娘さんは?」

「父は、私が二十歳を過ぎてから再婚しました。妹ができたのは、父が四十三の時です。可愛がっていました。私が見せた心臓病だという女の子の写真、妹だったんです」

「あの作り話は、槇原さんだったのか」

「そう、樫村さんはセンチメンタリストでへそまがりだから……と父は言いました。金では動かないし、ジャーナリストの正義感やタテマエでも動かない。だから、あんな同情を引くような話を作ったんです」

「今村の手紙を書き換えさせてまで……」

「そうです。あの計画では、父がイニシアチブを取っていました」

「それで、納得がいく」

「納得？」

「いくつか疑問があった。槇原さんからの手紙に『西村恭子』という名前が出てきた。僕はあなたの名前を槇原さんには言っていないはずだ。なぜ知っていたのかと思っていた。それに、大和田は槇原さんが『人質』を取られていると言った。人質は、あなただった」

「そうです。父は相場で失敗し、組に大損をさせました。私は神山の情婦にされたのです。見せしめで妻子を殺され、私は神山の人質にされました。父が借りを返すまで、私は神山の情婦にされたのです。神山は私に、コールガール組織を仕切らせました。私も、時には客を取らされました。そんな男なんです、神山は。父があなたを騙してまで、大金を稼ごうとしたのは私を救い出すためでした。父には、ようやく巡ってきたチャンスだったのです。赦してやってください」

「槇原さんには、ずいぶんうまい酒を飲ませてもらった」

「父は、あなたを騙したことをずっと気にしていました」

「大金を手にしたとしても、槇原さんは神戸の組には金を渡していない。神山を騙して、ただではすまないのでは？」

「今度の計画を立て、神山に話を持ちかけた父は、計画には私が必要だと神山を説得し、私を一時的に解放させました。父とは五年ぶりの再会でした。今村が死んで、父は郷地浩一郎と取引し、神山に父に手を出さないこと、私を解放すること、借りはないことにするという条件で話をつけたのです」

「あいつらが、それを呑むとは思えない」

「郷地の手前、一時的に手打ちをしたんだと思います。郷地が神山に、何らかの利益を約束したのは間違いないでしょう。でも、神山は約束を破りました」

「どういうことだ?」

「父は死にました」

逆三角形の尖った顎、その顎を隠すように生やしている髭、穏やかな光をたたえた思慮深そうな瞳、尖った鼻、いつもへの字に閉じられた不機嫌そうな薄い唇……、槇原の顔がはっきりと浮かんだ。

僕には、槇原に利用されたという気持ちはなかった。郷地が企み今村が画策したことを、槇原が利用しただけだ。死にそうな思いもしたが、僕は槇原には懐かしさしか感じない。槇原の死を知らされ、僕は心が沈んだ。

「いつ、どこで?」

「バンコクの路地裏だったそうです。胸を刺されて……。現地の警察は強盗事件として処理したそうです。大和田のおじさんがすべて処理してくれました」

「本当に死んだのか？」

「父が大切にしていた指輪を届けてくれました」

そう言うと、彼女は左手を顔の前にかざした。中指の大きなトルコ石の指輪が目立っている。

「これは、父が贈った母の形見なんです。父と母と大和田のおじさんは、同じ町内で育った幼なじみなんです。大和田のおじさんは、よく私に母のことを話してくれました。大和田のおじさんも、母のことが好きだったんじゃないでしょうか」

それは、僕に訊いても何の意味もない質問だった。彼女が自分で確認するために口にしただけだ。そう思うことで、槇原と大和田と自分の母の強い絆を感じられるのだろう。

「あなたの本当の名前は？」

「姓は父と同じ。槇原じゃないですけど……。恭子は本名です」

恭子が「マルセイユ」の方角を見つめた。風に乗って煙が流れている。恭子の持っている軍手から、かすかに灯油の匂いがした。

「消し止められたかしら」と、恭子がつぶやいた。

「あなたが、火をつけたのか？」

恭子が僕を見た。その瞳が肯定していた。

「父が言い残したんです。あの店の中のものは、すべて焼いてほしいと……。あの店の中には、父にとって大切なものがありました。父にとっては、何かが心残りだったのでしょう。今村の死体と一緒にすべて燃やせばよかったと悔やんでいました」

やはり、「マルセイユ」のどこかに、あの封筒が隠されていたのだろうか。あそこには、槇原の生きてきた証が残っているに違いない。それを、すべて消したかったのか。

「ひとつだけ、あなたに渡してほしいと言われていたものがあります」と言って、女がショルダーバッグの中から一枚の写真を取り出した。

リノ・ヴァンチュラが車の中で拳銃を構えている「ギャング」のスチールだった。周囲が焼け焦げている。それを差し出す。僕は、黙って受け取った。

「この写真だけは、あなたに渡してくれと言われていたのです。うっかり火の中に落としてしまいましたが」

「消防署に通報したのも、あなたか?」

「店の中のものが焼ければいいのです。頃合いを見て通報しました。大火事になるのは本意じゃありません」

僕は、恭子の横顔を見た。恭子も顔を向けた。視線が合った。瞳の奥に何かを見付けようと、僕は見つめた。何も見付からなかった。女が嘘をついているようにも思えなかったし、真実を話しているという確信もなかった。槇原は死んだ。痕跡を消してくれと娘に言い残した。娘が、その遺言を実行した。それだけのことか。

「あの時、本当は何があった？　神戸の組の人間も、大和田組の者も誰も店にはこなかった。それだけの人間がいたなら、何らかの痕跡があるはずだ。警察は、そんなことは言っていなかった。あの時、『マルセイユ』にいたのは、槇原さんと今村と……、そして、あなたの三人だった」

恭子は、僕の言葉にも動揺しなかった。じっと視線をそらさない。僕は彼女の足下を見た。小さなスニーカーの足跡があった、と森本刑事は言った。

「なぜ、私がいたと思うの？」

「槇原さんの手紙には、納得できない部分がいくつかあった。警察の現場検証と異なることが多かった。今、その理由がわかったよ。あなたをかばうために、あなたがいたことを隠すために、槇原さんは嘘をついていたんだ。あの日、店に集まったのは、あなたたち三人だった。そうじゃありませんか」

恭子が薄く笑った。肯定の笑みだろうか。一瞬、口を開きかけ、急に気が変わったように唇を噛んだ。ゆっくりと、空を見上げる。

「今村は、父と私を脅迫したんです。神戸の組を裏切るつもりだろうと……。『大和田組と通じていることもわかっている。そのことを神山にバラしたら金はすべて奪われ、あんたは殺される。その女は娼婦に逆戻りだ。今度は死ぬまで働かされる。バラされたくなかったら、神戸の組に渡す金を含めてすべて渡せ』と言い出したのです。そのことで、あの日、私たちは会いました」

金に汚い今村、どんなことでもやる今村、人を裏切り陥れても自分の利益を最優先する今村……、それが僕の知っている今村だった。

「父がしようとしていることが神山に知られれば、私はまたあの男にしばられて生きていかなければなりません。父は、それが耐え難かったのでしょう。今村への分け前の問題ではなく、そのことが父を激高させたのです」と、恭子が少し口ごもるように言った。

「槇原さんは、僕以上のセンチメンタリストだから……」

だとすれば、槇原が店を焼くように言い残したのは、娘のためだったのではないか。「マルセイユ」のどこかに封筒が隠されていたのではないか、と彼らに思わせるためだった。

封筒が燃えたかどうか、確信は得られない。郷地は、いつか、自分の画策が明らかになってしまう封筒を手にして脅迫者が現れるのではないかと怯えていなければならない。それが、この女に対する抑止力になる。

「あなたの身に危険はないのか？　神戸の組は？」

「大和田のおじさんが助けてくれます。ただ、大和田のおじさんも堅気になったし、これからはどうなるかわかりません」

「これからどうする？」

「遠くにいきます。父が大金を遺してくれました。どんなお金でも、金は金です」

「僕は、お父さんの店で酒を飲むのが好きだった」

「聞いています。父も、あなたと話すのが好きだったのだと思います。その写真、大切にしていただけますか」

「額に入れて飾るよ。リノ・ヴァンチュラも死んだことだし」

「その写真の人ですか？」

「そう。素敵な俳優だった」

恭子が立ち上がった。僕はベンチに座ったままだった。恭子が頭を下げ、新宿駅の方に向かって歩いていく。その後ろ姿を僕はずっと見つめていた。

その夜、僕は、キッチンで濃いコーヒーをたっぷり淹れた。それから大きめのカップをふたつ取り出し、そこにコーヒーを注いだ。それを、ベッドサイドにある丸い小さなテーブルに置いた。使わなくなった灰皿をテーブルの中央に置き、以前に槇原からもらったフランスたばこの封を切り、一本取り出した。パッケージにジプシー女の姿がデザインされている。火をつけて、灰皿に置く。

コーヒーとたばこの強い香りが、部屋中に広がった。煙がまっすぐ立ちのぼる。コーヒーからは湯気が出ていた。それはロサンゼルスの私立探偵が、死んだ友人のために行った儀式だった。以前、槇原とその小説の話になり、あのシーンをよく思い浮かべるのです、と槇原は言った。感傷的ですけど……とてもいい場面です、自分も同じようにしてくれる相手がいれば幸せです、と続けた。

そんな話をする相手は、誰もいなくなった。

12

その店は小樽駅から十分ほどの、落ち着いた町並みの一角に建つ集合ビルにあった。五階建てのビルの地下である。各フロアに飲食店が入っており、明かりの点いた看板には店名が出ている。地下への階段を降りた。どっしりとした木製のドアがあり、そのドアに丸い窓が作られていた。暗い店内がうかがえた。男がひとり、カウンターに入っている。扉を押して入った。十二時を過ぎ、客は誰もいなかった。

「いらっしゃい」と、カウンターの男が振り向いた。

男と目を合わせ、カウンター席の入り口からふたつ目のスツールに腰を下ろした。

「何にしますか?」と、カウンターの男が訊く。

「ワイルドターキー、十二年。ストレート・ノーチェイサー」と、答えた。

男はニッと笑うようにしてうなずき、背後の酒の並んだ棚からワイルドターキーのボトルを取り上げた。棚には沢山の種類の酒が並んでいる。

「今日は、ある男の一周忌なんだ」と、男の背中に向かってつぶやいた。

「どういうご関係だったんですか?」と、カウンターに出したグラスにワイルドターキーを注ぎながら男が言った。

「あなたと同業だった。とても映画が好きなバーのマスターだった……。特にフランスのギャング映画と日活のムードアクションがね」

「その人が亡くなって、悲しんだのですか?」

「そう、悲しんだ。酒を飲みながら映画の話をする相手がいなくなったんだ。そのバーで、とてもうまい酒を飲んだ。その間は、イヤなことを忘れていられた」

「イヤなこと、ですか?」

「生きていくには、いろんなイヤなことを飲み込まなきゃいけない。時には飲み下せないこともある。酒の力でも借りなきゃね」

「酒は、飲みたいから飲むのです。何かのために飲むものではありません」

「そのマスターにも同じことを言われた」

「こんな商売をしていると、いろんな酒飲みに会います。でも、楽しんで飲んでいる人を見るのが一番です」

「それを肝に銘じている。それを教えてくれた人がいた。でも、殺されたそうだ」

「どこで?」

「バンコクの路地裏」

「気の毒に……。ところで、お客さんは小樽には仕事で？」

「小樽には石原裕次郎の記念館があるからね」

「見てきたんですか？」

「帰るまでには覗いてみるつもりだ」

「私は、もう何度か」

「そう。裕次郎の映画には詳しいのかな？　『二人の世界』を見たことは？」

「ありますよ。フィリピンから日本へ向かう船の中で、裕次郎とルリ子が出会うんです」

「裕次郎は若い頃に殺人の濡れ衣を着せられ、フィリピンに逃亡していた男。十五年ぶり、時効の直前に真犯人を捜すために帰国する。ルリ子はヨコハマのヤクザ組織の組長の娘で、裕次郎を助ける。でもね、あの映画には間違いがある。フェリーノ・ヴァルガこと北条修一は、十五年間海外にいたから時効は成立しないんだ」

「そうでしたか」

「あんたの場合とは、条件が違うけれどね」

男が笑った。好々爺そのものの顔になる。そこは変わっていなかったが、整形を施し、かつての槇原とはわからない顔で男は立っていた。ただし、骨格は変えられない。

「今は、台湾生まれで劉と言います。フェリーノ・ヴァルガではなくて……。あれはフィリピン人の名前ですから」

「劉は、裕次郎が『太陽への脱出』で名乗っていた名だ」

「彼は、バンコクのナイトクラブの華僑のオーナーとして登場し、ずっと日本語を喋らないのです」

「初めて日本語を口にするのは、ピアノを弾きながら歌う時。『ほらほら、これが僕の骨』と歌う」

劉と名乗った男は、再び嬉しそうに破顔した。

「あれ、中原中也の詩です」

「中也の詩を裕次郎が歌ったのは、あまり知られていない」

「相変わらずですね、樫村さん。大和田から連絡がきました。あなたが見えるだろうと……」

劉と名乗った男は棚からラフロイグの十二年もののボトルを取り、新しいグラスをカウンターにふたつ並べなみなみと注いだ。


新宿署の森本と会ったのは、時々、顔を出す新宿の外れの小料理屋だった。遅めの夕食を摂るときには、僕は老夫婦ふたりでやっているその店に顔を出した。

僕は二、三品の肴を頼み酒を呑んで小一時間過ごし、次の酒場にいくことが多かったが、森本はよくその店に腰を据えて呑んでいた。元々不規則な刑事の生活に加えて森本の妻は病弱で、外で食事をすることが多かったのだ。

「マルセイユ」が焼けて三月ほどした夜、僕はその店のカウンターで酒を呑んでいる森本とばったり会った。僕は隣に腰を下ろし、酒と肴を注文した。

　森本は黙って僕を見た。もう酒がまわっているようだった。あまり面白くないことがあったのか、目が少し据わっていた。警察組織に不満を持っていれば、面白くないことのネタには事欠かない。

「『マルセイユ』が焼けたな」と、森本が言った。

「店内は全焼したらしいですね」

「そう、何もかも焼けちまった。あそこは新見という男の所有だったんだが、そいつは関西の元大和田組の組長と縁のある男だ。そういう素性だから、保険金ほしさに放火したかと思ったが証拠はない。古い家が焼けて、保険金が入る。更地にしてビルでも建てるつもりだろう」

「それで、事件の後も、ずっと放置していたんですか。大事な証拠でもあって、警察が現場の保全をしていたんじゃないんですね」

「あの事件は、槇原こと槇村新吉が指名手配されて終わったよ。しかし、あれは放火だった」

「犯人は？」

「捜査中だ。新見は犯人に感謝しているだろうよ」

「目星は？」

「捜査中の案件については話せない」

「捜査終了の案件なら話してくれますか」

「何だ？」

「今村が殺された事件で、あの店に何か手がかりが残されていましたか？」

「それが放火犯の狙いか。それが何かはわからんが、今村が殺された後に仕事熱心な刑事があるものを見付けた」

「でも、捜査会議で無視された。その仕事熱心な刑事は、何を見付けたんです？」

「今村の事件には直接の関係はなさそうだが、興味深いものだ」

「何です？」

「古い手紙だよ。押入の奥の柳行李の中に手紙の束が入っていた。槇原は急いでいて、持ち出せなかったんだろう」

「柳行李とは、また古いものが出てきましたね」

「おれは、手紙類や槇原が撮った8ミリビデオのテープを、ひとつひとつ見ていったんだ」

「あれ、仕事熱心な刑事じゃ……」

「そう、仕事熱心な刑事が見ていったんだ。それで見付けた」

「どんな手紙ですか？」

「ある女が刑務所に入っている男に向けて書いた手紙だが、その手紙は結局、出されなかったようだ。四十年も前の手紙だ」

「四十年前というと、終戦直後ですか」

「刑務所に入っていた男はヤクザで、闇市を巡る喧嘩沙汰で人を刺して入っていたらしい。女は男の子供を身ごもっていたのだが、生活は困窮し途方に暮れていた。もうひとりの男がその女を引き取った。男にその事情を書き送ろうとした手紙だ。許しを請い、新吉さんを恨まないでくれと書いてあった」

「つまり、槇原さんのこと。相手の男の名は?」

「『あなた』としか出てこない」

「生まれた子は、恭子という名前では?」

「そうだ」と答えた森本の目が光った。「おまえが言っていた女か……」

「そうかもしれません」

間違いなく槇村恭子だ。相手のヤクザは、大和田に間違いない。とすれば、恭子は大和田の娘だったのか。大柄な大和田の血なら恭子の背の高さも納得できる。逆に槇原は小柄だった。槇原は大和田の娘を自分の子として育て、それを隠すためにすべてを焼こうとしたのだろうか。

「その手紙は?」

「焼けちまったんじゃないか」

「大和田には、手紙のことは話しましたか?」

やはり、そのことが気になるのか、槙原は話を聞き終わると、そう質問した。

「いや、話していない。しかし、大和田とあんたの関係は特別だ。手紙の件を聞いて、あんたが大和田の娘を育てたから、大和田が恩義を感じているのだと思った。大和田は知らないのか？しかし、大和田は、あんたのためなら何でもするのだろう。だから、あんたが死んだことを僕は疑った。あんたの娘によると、タイで殺された槙原の始末は大和田がしたという。それは、神戸の組の追及をかわすための偽装ではないかと思った。だから、大和田に会いにいったのだ」

「大和田には、もし、あなたが現れるようなら、本当のことを話してもらっていいと言ってありました。あなたには、お詫びしなければなりませんから……」

「そんなことは、いい。あんたには、あんたの事情があった。しかし、あんたの正体を知る人間が増えれば、それだけ危険になる」

「見付かるのなら、見付かってもいいのです。警察と神戸の組が、あんたを探している」

銀行がノンバンクを通じて莫大な金を流しています。数千億という金が裏社会に流れています。神山は、私などにかまっている暇はないでしょう」

「あんたの弱みは大和田の娘だ。彼女に危険はない？　人質に取られたら、今度こそあんたは死ぬことになる」

「郷地と取引した封筒は、まだ私が持っています。それが、何かの抑止力にはなるでしょう。それに、娘は遠くにいきましたから」

「彼女のことは、大和田は本当に知らない？」

「知らせていません。神山が恭子を人質に取った時、大和田が自分の娘だと知っていたら、抗争はもっと早くに起こっていたでしょう。大和田は直情径行を絵に描いたような男です。だから、私は黙っていた。しかし、大和田はずっと察していたのかもしれません。大和田は刑務所から出てきた時、私の手を取って『よく三千代を守ってくれた』と泣きました。三千代は恭子の母親の名です。私たちは三人とも幼なじみで、どちらかが三千代を守っていくことを誓い合っていた。三千代はそれを知らず、あんな手紙を書いたのですが、私がそれを止めました。恭子は私の子として育てる方がいいと思ったからです。三千代は恭子を生んですぐに亡くなりました。恭子には、大和田が父親だとは知らせず、私が墓の中までもっていくつもりです」

「血のつながらない娘が生き残り、本当の娘さんと奥さんが殺されたのか」

「私の生き方がろくでもないものだったから、あのふたりが死ぬことになったのです。身から出たサビでしょう。結局、私には男手ひとつで育てた恭子しか残らなかった。だから、あの娘にだけは幸せになってほしいのです」

「だから、彼女の殺人までかぶった？」

アイスピックは、今村の背中に斜め上から勢いよく振り下ろされた形だった。槇原だとすれば、身長が足りない。首を絞められながら小柄な槇原が今村の背中に腕をまわして刺したとすれば、アイスピックは、あれほど深くは刺さらない。それに、柄はあんな風に斜め上を向いてはいないはずだ。

恭子はスニーカーを履いていたとしても、今村と背の高さはあまり変わらない。女でも、アイスピックを思い切り振り上げて、勢いを付けて振り下ろせば、あの深さまで刺さるだろう。父親と争う今村の背中にアイスピックを振り下ろす恭子の姿が浮かんだ。

槇原は娘をかばうために自分が今村を殺したことにし、誰かが封筒を徹底的に探した痕跡を偽装し、殺人者として国外に逃亡したのだ。逃げるだけなら、大和田が手配したルートを使えばいい。そのまま身を隠せる。

郷地浩一郎に連絡し封筒を切り札にして交渉したのは、娘を解放させ自分の身の安全もはかろうとしていると思わせる目的もあっただろうが、自分が今村を殺したのだと郷地と神戸の組に知らせるためだった。そして、槇原はすべてをかぶってバンコクで死に、華僑の劉になって帰国した。

「あの娘は、もう充分、不幸な目に遭っているんですよ。あの時だって、今村に首を絞められた私を救うためだったんです」と、恭子と過ごした長い時間を思い出すように言った。

「劉さん、なぜ帰ってきた?」

「私は、もうすぐ六十になります。死ぬのなら自分の国で死にたかった。それだけです」

そんなものかもしれない、と思えた。六十まではまだ二十年以上あるが、その時の自分が見えた。スツールから腰を外し、立ち上がり、店内を見渡した。通いたくなる店だったが、東京から通うには遠すぎる。

「久しぶりに、おいしい酒を飲んだ。以前は、毎晩、こんな酒を飲めたのだけど……」

「樫村さん、どうせ飲むのなら、うまい酒を飲んでください。何かを忘れようとして飲む酒ほどまずいものはないですよ」

「もうそんな時期は過ぎたよ」

カウンターに勘定を置き、ドアに向かった。劉は何も言わなかった。ドアノブに手をかけて振り返った。

「劉さん、リノ・ヴァンチュラの写真は大事に飾っているよ」

店を出て、階段を昇った。「マルセイユ」という看板が見えた。ネオンに映えて、霧雨が銀色に輝いていた。

エピローグ

倉科健介が再びノンフィクション作家の樫村勝平を鹿島灘の別荘に訪ねたのは、東日本大震災の一ヶ月後、四月上旬のことだった。大震災の翌日、倉科は何とか本社ビルの八階にある編集部に戻り、その日のうちに東京近郊の実家までたどり着いた。

倉科は、父母が無事だったこと、棚から荷物が落ちたくらいで家自体は特に問題がなかったことを知り安心した。食料や水は、と訊くと、一ヶ月分くらいはあるから大丈夫、と父は言う。ただし、ガソリンが買えそうにないから、しばらく籠城だな、とあきらめたような声を出した。

それからの一ヶ月は、未体験のことばかりだった。福島第一原子力発電所の事故は刻々と事態に深刻さを増し、電力不足による計画停電が行われた。それもようやく落ち着き始めた頃、倉科は樫村に連絡を取り、改めて鹿島灘の別荘を訪ねることにしたのだ。それは、あの震災の夜、真っ暗な中で聞いた樫村の話が、ようやく現実感を持って受け取れるようになったからだった。

鹿島のＪＲ駅前にはタクシーが数台、客待ちをしていた。ガード下の道路には、まだひび割れが入ったままだったが、震災からひと月経ち、さすがに町も平静を取り戻している。

樫村の別荘は駅から車で二十分ほど走り、海から少し高台に入る。倉科は歩きたくなって、坂の下でタクシーを降りた。瓦礫がそこここに積み上げられている。坂の途中で振り返ると、太平洋の海が見えた。先日、震災の前に見た時には、その光景を倉科は気に入っていた。

改めて以前通りの美しい海を見ながら、この海があれほどの人を呑み込んだのかと倉科は思った。何もかも呑み込み、押し流し、命を奪った。

震災以来、繰り返し流される津波の映像は圧倒的な自然の力を感じさせ、人々を畏怖させた。文明など、何の役にも立たなかった。鉄骨だけが残った建物、陸に打ち上げられた巨大な船、瓦礫の山、それらが人間の営みの無力さを伝えてくる。

ふっと坂の下に視線を移すと、数人の男女が草むらにしゃがみ込むようにしていた。手に何かを持って、草むらに向けていた。それでわかった。放射線量を計測しているのだ。

この辺りは、フクシマの原発が爆発した夜に雨が降り、その影響か放射線量が異常に高い「ホットスポット」と呼ばれる地域だった。テレビニュースでも騒がれていた。神経質になった住民が線量計で計測しているのだ。

倉科は、やれやれという気分になった。彼らが神経質になるのはわかる。特に小さな子供を持つ住民が、過敏に放射能に反応するのも理解できた。

原発事故が起こった直後、関東から逃げ出した人は多かった。だが、独り身の気楽さからか、倉科はどこへいっても同じだと感じていた。あの津波で二万人もの人が行方不明になったのだ。どこにいても死ぬ時は死ぬ、そんな気分に陥った。

震災で、何かが変わった。死を、現実のものとして受け取った。物事にこだわらなくなった。

様々な価値観を認められるようになった。自分と他人の違いに寛容になった。

それでも、ヒステリックに放射能の値を言い募る人々には、倉科はどこか違和感を感じた。彼らのように「原発ゼロ」を訴えて、毎週、首相官邸を取り巻く気にはならなかった。

もしかしたら数十年後に、致命的な影響が出るかもしれない。だが、それも人間の愚かな行為の結果なのだ。スリーマイル島があり、チェルノブイリがあり、日本だって十二年前に東海村の臨界事故があった。

あの時、倉科は中学生になったばかりだった。近所のスーパーから茨城産の野菜が消えてしまったと、母親が話していたのを記憶している。だが、あの時の事故もいつの間にか忘れられ、原発はずっと稼働していた。

そんなことを思い出していると、いつの間にか樫村の別荘に到着した。呼び鈴を押すと、樫村がドアを開けてくれた。家の中は、もうすっかり片付いているようだった。

「理絵さんは？」と、靴を脱ぎながら倉科は尋ねた。

「きみがくるというので、少し遠くのスーパーに買い物に出かけた。まだまだ、品不足みたいだが」

「車は、ありましたよね」

「ガソリンがなきゃ車は走らない。最近は、自転車ばかりだよ。運動になっていい」

「震災の日、理絵さんは仙台にいたのに、無事でよかったですね」

「コンサートもしばらく自粛だろう。毎日、ここで練習しているよ。東京はどうなってる?」

「一カ月ですよ、あれから。もうすっかり元通り……かな?」

「都会人は、切り替えが早いからな」

樫村は、遠くを見るような目をした。視線を窓の外に向ける。庭の芝生が、午後の日差しを受けて美しい。

「芝生が一番危ないそうだ」と、樫村が唐突に口にした。

「何が、ですか?」

「放射能だよ。ここら辺のゴルフ場は閑古鳥が鳴いている」

「はあ」

「きみ、ここへくる途中に見なかったかい。住民たちが線量計を持って駆けまわってる」

「見ました」

「気持ちはわからないでもないし、いずれ影響が出るかもしれない。しかし、にわかに仕入れた知識で『シーベルト』だの『ヨウ素』だの『セシウム』だの『甲状腺異常』だのと言い出した。何の関心も持っていなかった人間たちが、線量計を片手に目の色を変えている。まるで魔女狩りのように、放射能の発生源をあぶり出す。原発事故がなければわからなかった、放置された夜光塗料から発生するラジウムが見つかったりした。お笑いだ。目に見えない恐怖……、それが、人々をヒステリックに駆り立てている。まるで、ポーの『赤死病』だな」

「赤死病?」

「エドガー・アラン・ポーが『赤死病の仮面』という小説を書いている」

「知ってます。ロジャー・コーマン監督の『赤死病の仮面』は見ました」

「さすがに詳しいな」

「でも、原作は読んでません」

「短い作品だよ。『〈赤死病〉が国じゅうを荒らすのも、すでに久しいこととなった。これほど助かるすべもない、おそろしい疫病もこれまでにはないことだった』と始まる。まるで、あの時のようだ。赤い国からやってきた『助かるすべもない』放射能という疫病……」

そう言うと、樫村はまた何かを思い出したようだ。視線を中空へ投げたまま、ぼんやりとしている。

「それ、それでいきましょう」と、倉科は言った。

「何?」

「『赤い死が降った日』……、いいですよ。新作のタイトルです。出版のタイミングとしては、いい時期です」

樫村が苦笑いをした。

「きみも、立派な編集者になったようだな。本の売れ行きを真っ先に考えるようになった」

「それ、誉め言葉ですか? それとも、皮肉? 原発事故を商売に利用しようとしているとか」

「もちろん、誉めてるのさ。本は人に読まれて初めて存在する。今なら関心を持ってもらえるだろう。あの頃は、誰も遠いウクライナで起こった原発事故に反応しなかった。急速な円高が進み、バブルが膨らみ始めた頃だ。ソ連政府は情報を出さず、ほとんどの日本人がその事故の深刻さを認識しなかった。その後の数年間は、バブル景気で日本は狂騒の中だ。チェルノブイリ原発事故の影響の重大さが認識されるまでには、何年もの時間が必要だった」

「今なら、もっと関心を持ってもらえます」

「そうだね。あれから二十五年。バブルがはじけ、ソ連は消滅した。結局、一九九一年の夏に起こった、共産党守旧派の国家非常事態委員会によるクーデター未遂がソ連の崩壊を早めたんだ。コマロフスキーが予言したように、ウラジーミル・クリュチコフは国家非常事態委員会の中心メンバーになり、クーデターを企ててゴルバチョフを監禁したが、その後、逮捕されたよ。今、チェルノブイリはウクライナに属しているが、原子炉を覆う石棺が老朽化してきた。石棺を覆う工事を始めたけれど、また放射能がまき散らされるかもしれない。人間の愚行の証しだな」

倉科健介は、ため息をついた。

「この間うかがった話に関連して、ちょっと調べてきました。数年前の週刊誌に出ていましたが、大和田組の元組長は八十で死んでいました」

「ああ、神戸の組の若頭だった神山も、十数年前に撃たれて死んだ。派手な事件だった」

「あれは、組の内部抗争だったようですよ。『経済ヤクザ』の代表みたいに言われて、数千億の金を動かしていても、結局、射殺されれば終わりです」

「神山の名前が出始めたのは、バブルが弾けて膨大な不良債権が残り、その経済犯罪の告発の中で『あの件には神山が背後にいた』と言われた頃だ。それで有名になった。裏社会の金庫番などと言われたんだ」

「今でも、闇社会のマネー関係の本が出ると、必ず彼の名前があがります」

「あれは一九八九年だったと思うが、神山の名が知れ渡った株式買い占め事件があった。紡績業界の大手会社の株十パーセントを、五百億の資金を使って買い占めた。それを企業側は買い戻したのだが、神山は五十億を儲けた。しかし、五百億の資金をどこが出した？」

「郷地ですか？」

「おそらく、その関係だ。住専問題というのを知っているかい？」

「破綻した住宅金融専門会社の不良債権処理として、最終的には六千八百億以上の公的資金が投入されたんですよね」

「ノンバンクの住専に金を流していたのは銀行だ。住専はバブルに踊って多額の融資をした。そのひとつに、五代通商と関係の深い三五住建という会社があった。バブル期にマンション販売で業界でも五指に入ったが、ここへの融資額は千二百億あった。この会社は、神山のフロント企業だった」

「そんなひどい……」

「あの時代を経験して、日本は変わったよ。誰も彼もが金が金を生むと思ってしまった。日本人のモラルが変化した。違法な市場操作もインサイダー取引もますます増えている。金がすべての価値観ばかりはびこっている。数年前、『金儲け、悪いことですか?』と言って有名になったファンドの主宰者がいた。彼は、今、これから金になるマーケットとして介護事業に進出しているそうだ」

樫村は、何かに怒りをぶつけるように言った。

「介護で金儲けですか?」

「昔、槇原が言ったことがある。『相場師なんて博奕打ちと同じです。堅気のやることじゃない……』と。僕の父親は職人だった。額に汗して糧を得る。そういう矜持で生きてきた。郷地浩一郎と同じ時代を生きた男だ。父は十五歳で満蒙開拓団として満州に渡り、戦後に何とか満州から引き揚げてきた。それから、職人の親方に弟子入りして結婚し、僕が生まれた。郷地は、父のような人間を使い棄て、見棄て、戦後の日本を築いたと勲章をもらった。日本の経済発展に貢献したという理由で……。しかし、裏では神山のような男たちを使っていたんだ」

樫村はそう言うと、自分の言葉に照れたのか、倉科の顔を見て苦笑いをした。

「もしかしたら、今度の震災で日本人は変わるかもしれません。一瞬で二万人もの人が亡くなり、生活のすべてを奪われた人は数え切れません。ひとつの町が壊滅し、失われた。そんな経験をしたら、人は少しは学ぶはずです。実際、震災後の人々は助け合い、寄り添っていたじゃないですか」と、倉科は慰めるように言った。

「人間は、忘れるものだよ。時間がたてば、また、欲望に駆られた人間たちが動き出す。原発事故だって、忘れられていくかもしれない」と、諦めたように樫村が言う。

倉科は、青臭いことを口にする樫村が好きだった。六十になろうというのに、どこかに熱い気持ちを持ち続けている。瞬間的に熱くなる。だから、一度も口にしたことがない父親の話が、つい出たのかもしれない。

「ところで、お父さんのことは初めて聞きました」

「郷地よりは、十歳ほど若い。敗戦の時に二十歳だった。今は八十六で、まだまだ元気なので助かる。この間、震災の後に電話で話したら『わしは幸せだった。運がいい人生だった』と口にした。戦争で死んだ友だち、満州で死んだ人たち、彼らに比べたら……と思っているのかもしれない」

「郷地浩一郎は、ソ連が崩壊した数年後に死にましたね。もう、誰も生きてはいないのですね?」

「恭子と名乗った女は生きているだろう。まだ、六十を超えたくらいだ」

「その後、まったく会っていないのですか?」

「一度だけ会った」

「どこで?」

「劉と名乗った男の葬儀だ。もう十年前のことになる。ある日、小樽の商店街の人から連絡があった。劉と名乗る男は、ガンで死んだ。七十をいくつか出た年だった。死ぬことを知っていたのと、死ぬまでに時間があったので、親しくなった近所の知人に遺言を残していた。劉が連絡を取るように頼んだのは、僕と大和田だった」

「大和田とは、会ったんですか?」

「大和田はこなかった。もう体があまりよくなかったらしい。背中にクリカラモンモンを背負っている男だ。肝臓でも悪くしたのだろう。大和田に頼まれたと言って、東京から村瀬という男がきて葬儀を仕切った」

「あの銃撃の時の?」

「そうだ。組を継いだらしい」

「それで、娘もきたんですか?」

「ああ、大和田が知らせたのだろう。村瀬と僕と彼女の三人で骨を拾った。そのまま別れたよ」

その時、玄関の鍵の音が響いた。扉が開いて、大きな買い物袋が先に入ってきた。

「いらっしゃい。倉科くん」と、玄関から入ってきた理絵が言った。

(了)

十河 進（そごう・すすむ）
1951年香川県生まれ。中央大学仏文専攻卒業後、出版社に勤務する傍ら映画コラムを執筆。エッセイ集「映画がなければ生きていけない1999-2002/2003-2006」により第25回日本冒険小説協会特別賞「最優秀映画コラム賞」受賞。大沢在昌氏著「天使の爪」（角川文庫）、矢作俊彦氏著「マンハッタン・オプ3」（SB文庫）、香納諒一氏著「梟の拳」（徳間文庫）の解説を書くなどハードボイルド・ミステリにも造詣が深く、自らも「キャパの遺言」で第62回江戸川乱歩賞候補となる。最新刊に「映画と本がなければまだ生きていけない 2019-2022」（水曜社）。
筆者ブログ http://sogo1951.cocolog-nifty.com/

※この作品はフィクションであり、実在する人物・団体・事件などには一切関係ありません。

赤い死が降る日

発行日――二〇二三年二月一日　初版第一刷

著　者――十河 進
発行者――仙道 弘生
発行所――株式会社 水曜社
〒一六〇-〇〇二二 東京都新宿区新宿一-二六-六
TEL――〇三-三三五一-八七六八
FAX――〇三-五三六二-七二七九
URL――suiyosha.hondana.jp

編集協力――夢の本棚社（末藤 雄二）
DTP――トム・プライズ
カバー写真――加藤 孝
装　幀――加藤 さよ子
印　刷――モリモト印刷株式会社

ISBN 978-4-88065-538-3 C0093